当代作家精品
散文卷

主编 凌翔

一条江的喊

周拥军
/著

天津出版传媒集团
天津人民出版社

图书在版编目 (CIP) 数据

　　一条江的喊 / 周拥军著 . -- 天津：天津人民出版
社，2021.10
　　（当代作家精品 / 凌翔主编 . 散文卷）
　　ISBN 978-7-201-17692-5

　　Ⅰ . ①一… Ⅱ . ①周… Ⅲ . ①散文集－中国－当代
Ⅳ . ① I267

中国版本图书馆 CIP 数据核字（2021）第 191063 号

一条江的喊
YI TIAO JIANG DE HAN

出　　版	天津人民出版社	
出 版 人	刘　庆	
地　　址	天津市和平区西康路 35 号康岳大厦	
邮政编码	300051	
邮购电话	（022）23332469	
电子信箱	reader@tjrmcbs.com	

责任编辑　岳　勇
封面设计　张瑞玲
封面插图　张瑞玲
主编邮箱　jfjb-lx2007@163.com

印　　刷　三河市金元印装有限公司
经　　销　新华书店
开　　本　710 毫米 × 1000 毫米　1/16
印　　张　13
字　　数　200 千字
版次印次　2021 年 10 月第 1 版　　2021 年 10 月第 1 次印刷
定　　价　45.00 元

自序

办公室靠南的窗外，是著名的岳阳大道。在三线城市里，这是一条宽阔到颠覆你想象的马路。最开始时，马路上看不到几辆车，有时有几个人在路边晃荡，它大多数时间是空空荡荡的，像一个豪华版的长形广场。慢慢地，这条马路繁忙起来，先是一辆车追着一辆车跑，后来是一辆车连着一辆车跑。跑着跑着，一个城市就成了车的世界，人藏进了车里，城市也藏进了车里，一座城，只剩下了追赶，只剩下了奔跑。

越过马路，越过那些葱郁的树林，视线里可以看到一片时断时续的水，那是洞庭湖。和马路成了车的天下一样，这座湖成了船的天下。在航道上，一条船刚过去，另一条船就开过来了，直接在前一条船的航迹上碾过去。在航道边，还有一些不动的船，它们聚在一起，有的等待远航，有的等待装货。它们聚在一起就聚成了一座城市的气势。夜晚的湖面，看不到点点的渔火了，只有和城市一样亮丽的灯光，在照着越来越忙碌的航道。

到哪里去找一片宁静呢？不远处新修的图书馆里有：高高的书架上，摆着夏、摆着商、摆着周，一直摆到唐宋元明清。书不会说话，不会抢道，只会安静地看走过来走过去的寻书人。稍远处的博物馆里有：玻璃罩里，关着远古的一个村子，村子里完全没有人走动，只有一些粗朴的陶瓮，表明有人居住过；只有一些形似的鸡蛋，表明一群鸡曾在这里活动。每当从这个村子走过，便能感受到一份独特的宁静。在视野之外，更远处的湖滩也有：在隆冬的湖滩上，看不到牛，也看不到围着牛起起落落的八哥，一只轮胎孤零零地立在那里，轮胎的远处是一大片狼藉的车辙……湖水退了，人把湖滩还给了湖，湖给人的则是一份真正的静。

　　隔着一扇窗，也隔着一张办公桌，我不能常去图书馆、博物馆，更不能常去湖滩，去那些地方需要等，等公休假、等天气或等一份心情。但有的地方，我无需等待。比如黄茅港，那是我出生的地方。打开记忆的门，我就能看到祖父亲手建成的老屋，就能看到祖父迎着清晨的第一缕晨曦，挑着那部笨重的缝纫机走出门，无论门外是风还是雨，他一步就跨了出去，跨得外面的风雨一缩。我还看到，父亲和他们那帮老兄弟，穿着油渍斑驳的衣服，拿着锄、挑着担，在四季里奔走，走过春、走过夏、走过秋，只为秋天里那些望眼欲穿的收获。比如汨罗江，这条一江碧水向西流的江，因为屈原的惊天一跳，时隔两千余年，波浪中、云涛上、大雁迁徙的叫声里，还在传扬有韵的《离骚》，还在重复那一声声凄厉的为民之喊。再比如洞庭湖，这座家门口的湖，一湖的水，不知从何时起流过来，它流过的地方，有了点将台、有了道姑岭、有了凌云塔，四季从湖里流过，日月星辰、阳光雨露、善恶美丑从湖里流过，它流过的痕迹，重重地刻在我的心里，一到春天，它们就会发芽，就会蓬蓬勃勃地生长。

　　一静下来，黄茅港就鲜活了，汨罗江的艾香就飘过来了，洞庭湖的水就流过来了……它们在那里，像大地一样真实，像春天一样热烈。我还需要去等什么呢？我不需要等天气，不需要等闲暇，也不需要因为郁闷而却步，在马路与马路间，在高楼与高楼间，我像一只候鸟，在一个个栖息地间迁徙，季节一到，我就选择飞到一处。我知道，它们是欢迎我的，无论我是富贵还是贫穷，无论我是得意还是失落，它们都在那里等着我。而我要做的，仅仅是泡好一杯茶、打开电脑，然后，在键盘上有节奏地安静地寻找，找那些久远而亲切的印记，找那些穿越了两千余年的呐喊……

目　录

第一辑　一座湖的印记

湖

　　湖里已没有多少水了，那些来自云的水，来自梦的水，来自泽的水，都神秘地消失了，瘦成了一条线，一条像黄茅港老渔民的裤腰带一样，稍一用劲，就能掐断的线。

　　水退出的地方，成了滩。滩袒露着身子，展示着湖的秘密：有的地方深陷，有的地方隆起，有的地方平平展展。深陷的地方安静些，里面积着水，成为一个个独立的潭。潭里有一些蚌在蠕动，也有一些上不得餐桌的鱼，无所顾忌地在游动。隆起的地方热闹些，潜伏了大半年的草，从泥里探出头来，热热闹闹地在生长。草里藏着一些鸟，一见人，就扑棱着翅膀飞起来，躲到另一处草里。平展的地方就更热闹了，杂乱的印痕证明，牛来过、人来过、车来过、鸟来过。车的印痕最明显，它可能打了一下滑，一个轮子陷进了污泥里，车烦躁起来，驱动着后轮，将大片大片的泥抛向天空。轮子下面形成一个不规则的大坑，轮子后面一片狼藉。相伴着人的印痕的，是一些与湖无关的东西，几个矿泉水瓶、几个食品包装袋、几个烟盒在污泥里若隐若现，证明人有过不长不短的停留。这些印痕，将滩和岸连成了一体。湖用一个夏天的时间，无休无止地挤压岸所获得的地盘，现在全都还给岸了。

堤似乎已被人遗忘了。人、牛、车、鸟的目的地都是湖或湖滩，堤成了一个站，一个人、牛、车、鸟偶尔停留的站。但只有堤才知道，此时看上去无比谦卑的湖，并没有屈服。不信的话，你可以沿着车辙走，沿着人的脚印走，走着走着，你就会迷失在湖里，走着走着，你就走到了沼泽里。沼泽，才是此时的湖真正让人恐惧的存在。沼泽在湖的中央，也可能在湖的边沿，它从不在乎湖水的盈缩，它安静地躺在那里，它只做一件事，做湖的收藏者。它收藏水、收藏泥、收藏迷失在湖中的船和帆，也毫不犹豫地收藏敢于打扰它安宁的人。沼泽足够大，千百年的水文、千百年的风候、千百年的潮涨潮落都进了它的身体里，它躺在那里，湖就有了底气。

只有水涨起来的时候，人们才意识到堤的存在。湖中每一次涨水都是从下雨开始的。开始是小雨，后来是大雨，后来是连绵不断的小雨、大雨。湖丰盈起来，丰盈起来的湖像一个盛装的少妇，从头到脚都散发着青春的活力，她吸引着雨、吸引着从各个渠道汇集而来的水。丰盈起来的湖开始不甘寂寞，她伸展四肢，激起一层层的波浪。她招引风，吹着波浪一刻不停地向前挤，仿佛要把一湖的水都挤过堤，湖与堤的较量就这样开始了。枯水期被堤、被人、被牛、被车夺去的尊严，湖都要分毫不差地夺回来。每隔三四年，黄茅港人总能在一个清晨起床时发现，湖越过了纤细的堤，伸展到了家门口，一大片正待收割的早稻成了湖的战利品。湖用一个晚上的努力，将黄茅港人半年的辛勤全收走了。

在黄茅港，所有的离别都和湖有关。湖战胜岸的那个清晨，田在水下，地在水下，房子也一半在水下的黄茅港人只能选择离别。他们选择一处岸，从岸上搭一块跳板，跳板的另一头搭到一只摇摇晃晃的船上。没有仪式，没有送别，一只船就这样载着无数个家庭的希望，开始四处漂泊。鼓荡的风如一根根的缆，牵引着这些茫然的船。漂泊者大多并没有远行，船到岳阳门，他们就下了。他们在岳阳的码头上留下来，他们的一双脚站在水里，肩上扛着一袋袋的货物，水在他们的脚下"吧嗒""吧嗒"地喊，仿佛承载货物的不是肩、不是脚、不是人，而是水。漂泊者在水的喊叫声中，用这种最简单的方式，承载一场洪水带来的损失。也有不幸的，借一次远行，他们选择了长久的离开，他们一直在漂泊，在寻找。水在流、岸在移、船在晃，离开时，还是青涩少年，归来时，已是满头银丝。最不幸的是村里的汉爹，中年丧妻的汉爹，一场洪水后，和村民一道踏上求生路，一趟远行，从此不知所终，抛下一大堆儿女在泥泞中顽强地生长。每年的清明，他的家人，总要在湖堤上插几朵纸花，倒一瓶酒，声嘶力竭地喊几声，让一个漂泊的灵魂记住回家的路。

湖水终于退了，她像丧夫的寡妇，哭着、喊着，跌跌撞撞，一步一回头地极不情愿地退回了湖里。昔日的浓妆艳抹、昔日的妖娆不群，最后都被秋风剥离，她被还原成一条一掐就断的水带，像被遗弃了一样，龟缩在湖心。

湖水退后，湖安静了，堤开始热闹起来。一场洪水，让大堤伤痕累累。漂泊的村民回来了，他们没有回到村庄，而是回到了堤上。他们睡在岸上的茅草棚里，吃在堤上。一只铁哨指挥着一个茅草棚。他们自带行李、自带工具，他们同吃、同住、同劳动。他们用锄头挖土，用推车、用筲箕运土，将一车车的土运到被洪水掏空的堤上，去补一个个空荡荡的洞。这种日复一日的机械劳动比漂泊更让人憋闷，有村民想过逃离，去继续他的漂泊梦，但没有人成功地脱离铁哨的束缚，他被拦住了。一大群人，用一根绳子缚住他，牵着他从堤的一端走到另一端。他走一步，哨声响一次。他像小学生一样，被绳子、被哨声牵着在堤上走过来走过去，一直走到完全忘记了为什么来、为什么去、为什么走，走到完全顺从哨声，他的一切就安定了，再没有人去烦他了。

冬天来了，雪大片大片地落下，遮盖了湖，遮盖了滩，也遮盖了堤。所有的草棚都拆了，拆得没有留下一根草，再没有人记得，这条堤上，曾有一只铁哨，"嘀嘀"地响了一个冬天。雪下的湖更加温顺，雪下的堤更加伟岸，他们在雪下探视，盯着对方的一举一动，和湖斗了一辈子，和堤斗了一辈子，他们知道，一点放松，就会导致一个夏天的倾覆。

滩、堤相连的地方，有一条俯伏于泥沼中的小船，或许是受过风暴的重击，船帮已明显开裂。只有它毫无戒备之意，因为它知道，一条失去了行动能力的船，已没有必要作任何戒备了。

从不戒备的还有一块块圆圆的石头。没有人知道它们经历了多少自然风雨的磨洗。它们或许来自秦，也或许来自汉唐，它们早就忘了为什么来，也早就忘了要到哪里去。只是静静地躺在那儿，涨水时，看水、看船；枯水时，看人、看草、晒晒太阳。它们也许是这座湖中最闲散的一族，或许可有可无，但我知道，只有它们才了解湖的历史，只有它们才了解堤的历史。它们知道，最初，这片领域一直是湖的地盘，从没有人给湖划定过边界。那时，湖区是真正宁静的，鸟在这里群集，鹿在这里繁衍，鱼在这里安居……那时没有堤，只有岸，岸不是湖的敌对者，而是湖的守护者。湖与岸，相依相偎，亲如兄弟。堤，从岸延伸进湖后，一切都改变了，湖区再没有了宁静，剩下的只有争斗。湖和堤的争斗，推动着湖的演变，湖失去过，也得到过，但最终，它无法逃避蚕食和没落，无论它过去有多么强悍，现在，它都伤痕累累了；湖和堤的争斗，也推动着人的觉醒。人，得到过，也失去过，他们得到的，或许只有一个短暂的夏天，但失去的，可能是一代或几代人的梦。

湖风大起。这股穿越历史、穿越时空的风，携着冷峻的自然法则，推动着浪涛，推动着季节的轮替，只是人们无法确切地知道，它是否也能推动湖和堤的融合，化解他们之间纷乱的纠葛。

城

　　最初是没有城的，只有市。

　　湖里的渔民来了走，他们在这里交换干鱼、干虾；山上的樵夫来了走，在这里交换柴薪、盐巴；田里的农夫来了走，在这里交换粮食、棉布。也有一些人不走了，他们不交换任何东西，他们只收集，渔民的、樵夫的、农夫的，统统收集起来，再交换给所需的任何人。久而久之，这里就成了集市。集市越来越大，交换的货物越来越多，流动的人越来越杂，就有了客栈、有了酒楼、有了长长的青石街。这时，住在集市的人开始担心自己的安全了，就开始筑墙，用夯土筑、用特制的方砖砌，墙上留几个门，定时开关，隔绝流民和盗匪，这就是城了。

　　进城前，姨爷爷在黄茅港堤外的湖滩上放牛。湖滩很空旷也很安静，只有一群八哥在牛背上飞来飞去。湖滩上，姨爷爷看牛、看八哥，有时也看船，一只船的远行总能牵扯姨爷爷的想象。他知道，船的目的地是大大小小的城市。有墙、有门、有青石街，还有多得数不清的货物，城对姨爷爷的吸引力是无与伦比的。一天，他交割了他放的牛，带着一只八哥，爬上去岳州的船。他到城里时，城里已没有城墙了。但城门还在，城门附近的码头还在。他没有参加交换货物，只参加搬运货物，把干鱼、铁器、食盐、布匹、粮食一袋袋从仓库里搬上船或从船上搬到仓库。每搬一次，他从工头那里领一根竹筹，一根竹筹代表一笔收入，一笔笔收入代表的是一天或一月的口粮，是一件衣或一双鞋。等到他自己不仅成了发竹筹的工头，还成了管发竹筹的工头的头儿时，他就在城门旁的码头上扎下根来，他的名字被人收进了城里。

办进城的手续时，姨爷爷才知道，一个村里人和城隔着多少道手续。进城的第一件事是迁户口。盖着公社大印的公函伸进窗口，换一本黄皮的商品粮户口本出来，上面写着姨爷爷的名字，写着姨奶奶的名字，写着姨爷爷一家人的名字。户口本上还写着郭亮居委会、写着洞庭路办事处、写着南区人民政府。写上一处，就有一处的手续。居委会有居委会的事，办事处有办事处的事，南区人民政府有南区人民政府的事。一个农村人进城，牵动的是半个城的关系。没进城前，看酒楼、看客栈、看青石街，总有一种没来由的神秘；进城后，当你附着在一条街、一个居委会、一个办事处、一个单位时，像一座湖一样沉重的压力就来了。

压力来自城里的规矩，最大的规矩是吃和住。城里的户口本连着一个粮本。上面写着一个人一个月粮多少斤、油多少斤，不论肚量大肚量小，不论你是男人还是女人，都写着差不多的数字。一个城里人是不能放开肚皮吃的。这一条，让扛大力的姨爷爷吃足了苦头。进城的头几年，他时时感觉肚子里空着一大片，怎么喝水也填不满。住也让从湖滩来的姨爷爷憋得慌。进城后，住到了桃花井。桃花井没有桃花，有的是一排排大通间式的房子，房子很矮，设计很简单，简单到一户就是一大通间。姨爷爷对大通间做了些改进，除了一条直通的过道，其余的空间被隔成一小间一小间，小到仅能放下一张床或一张桌。一个见惯了湖滩的人，一个见惯了莽莽苍苍苇林的人，住到一间间小格子般的城里，马上觉得缚手缚脚，左不是右不是了。

进城后，那只八哥成了姨爷爷的精神依托。他小心翼翼地养着那只八哥，给它吃自己的口粮，给它定时喂水。姨爷爷说，这只八哥，就是整个乡村，就是整个湖滩，就是那些牛、那些树、那些溪流的影子。养着这只八哥，就能看到村子、看到湖，再大的城也关不了他。那时，姨爷爷的身上还没有城里人的影子，一下班，他就卸了工装，赤着膊，挑着水桶，沿着石板路到湖里挑水。挑完水后，又扛一把锄头，带着他的八哥到湖滩的高坡上种菜，种完菜，再没事干了，就摇着一把破得快散架的蒲扇，坐在门口安静地抽烟，听笼中的八哥低一声高一声地唱歌。

没过多少年，姨爷爷就安定下来了。他成了桃花井的老街坊。这座城是排他的，人要进城，有一大堆手续等着，等着等着，进城的事就黄了。货物要进城，有这个站、那个社、这个公司、那个公司等着，粮食要经过粮食站，布匹要经过供销社，副食要经过日杂公司。动物进城比货物更繁琐，没有一头牛、一头猪能在大街上大摇大摆地走。动物进城，城里人最欢迎的方式是变成鲜肉运进去，一辆装鲜肉的车，在大街上可以大摇大摆地走。但这座城对城内人是温和的。那时，城很简陋，就是几纵几横的几条水泥街。南正街、北正街、竹荫街……没有一条街长得看不到头看不到尾。街边是固定的餐馆、商店、旅社、摊贩……住久了，一条街上的人都能叫得出名来。

当街上的人能叫得出姨爷爷的名字时，姨爷爷成了真正的城内人。成了真正的城里人后，那只他喂了多年的八哥不在了，如生活在湖滩上，那只八哥至少还可再活三五年，但生活在城里，失去了自由的八哥，憔悴地死了。八哥死了，但那个关鸟的笼子还在。姨爷爷说，有这只笼子在，八哥就在。姨爷爷不怎么念叨黄茅港了。和梦中的黄茅港隔着多年的风雨，不是他想去就能去的了。姨爷爷的身上早没有农村人的影子了。他很闲适，晚饭后，总喜欢背着手，在街上不紧不慢地散步。成了真正的城里人后，姨爷爷再也不能种菜了，那块本来就不属于他的菜地成了一家单位的堆场，堆场里先是堆着各种各样的货物，后来，货物没有了，菜地里盖起了楼房，地面铺上了水泥，再也种不了菜。

姨爷爷进城二十年后，离岳州城不到三十公里的荣家湾小城传开了一条信息，一个乡里人只要缴上一笔钱，就可以拥有一个城里户口，成为一个实实在在的城里人。买户口进城的人可以招工，可以在城里做房子，可以做城里人能做的一切。城和乡之间的阻隔，像一堵被洪水浸透了的泥巴墙一样，一夜之间软软地塌下来了。

姨爷爷进城三十年后，我的户口迁到了离桃花井不到三公里的金鹗山办事处。迁户口的过程简单得像吃了个早点。到新单位报到后，我去看三公里外的姨爷爷。桃花井还是没有桃花，不过通了自来水，石板路也变成了水泥路。姨爷爷还是没有多少变化，他仍然住在大通间里。姨爷爷的身上早没有农村人的影子了。他很闲适，晚饭后，总喜欢背着手，在街上不紧不慢地散步。

变化的是这座城。这座城市最大的变化是它的体量。它在以人们无法预知的速度飞快地拓展。开始就在中心城区拓展，然后往北、往东，最后，东南西北都在拓展。拓展后的城最大的变化是你找不到过去了。记忆中的街巷、店铺、风景，大多变了模样，小巷变成了大街，旧房不见了，迎面立起一群耸入云天的高楼。还有那些念念不忘的风景，一座小山或一片池塘，却变成了一个市场或一个社区。一座全新的城立在你的面前，但你感觉不到它的存在，它很陌生，陌生得似乎与你没有任何关联。

城市的另一个变化是它的丰富。放开了限制的城，是农村人向往的乐土。农民进城带着一阵风。一阵风卷过，一个个饭店、粮店、鞋店、副食店、成衣店、精品店、文具店……大张旗鼓地开起来了。天上飞的、地里长的、树上结的、水中游的、工厂制造的，浪一样涌进城里，在城里聚集，又在城里消失。

已很少出门的姨爷爷不知道，一座城市的拓展，不仅让人们的记忆模糊起来，不仅导致了一只八哥的早夭，还导致了一座湖的失衡。千百年来，湖和鱼小心地保持着一种微妙的平衡。一湖的鱼，在湖里嬉戏、繁衍，鱼的种群像三十年前城里的户口一样，有时多一些，有时少一些，但不会有太大的波动。现在，放开了限制的城，对鱼有大量的需求，鱼的元气再没有恢复过。

失衡的还有砂。默默无闻的砂没有想到，有一天它们会成为一座城市的上宾。一座城市老旧的建筑拆除了，新的建筑立起来了，支撑它们的不是泥土，不是树木，而是钢筋水泥。砂成了一座新城不可或缺的紧俏物资。砂从沉睡了千年万年的湖底、湖滩被一铲铲挖出来，送上船、送上车，融入了城市，这车砂永远地消失了。一车鱼送进城里，它成了人身上的一部分；一车砂送进城里，成了城的一部分，它们和湖再没有一丁点的关系。失去了鱼、失去了砂的湖还有什么呢，只有一个个巨大的坑。

城市和田地的关系也变得微妙了。一本城市户口在一个农民心中最直接的印象是它连着一个粮本。一个个粮本上的粮和油都来自田和地。农民最自豪的是，他们田和地里的粮食养活了一座座城。而现在，种田和地的人都进了城，田和地就荒芜了，蓬勃地生长着一些不知名的草，它们除了等待城市的收容外，再无心思生长任何作物。这块土地和城市的联系断了。没有人知道，一块田和地与城市联系的中断会意味着什么。

只有山是例外，城里人原来离不开柴，现在用煤、用燃气，柴就没了市场；城里人原来离不开一次性的竹筷，现在一次性的竹筷不常用了，竹也没了市场，山就安静了。安静下来的山，安安静静地长树、长竹，山就恢复了山的面目。

八十三岁那年，姨爷爷带着姨奶奶告别了桃花井，告别了这座城市，也告别了这个世界。他们安静地躺在黄茅港的一块高地里。他们曾用漫长的前半生来寻找进城的机会，现在选择回到那个他们念念不忘的家园。他们知道，在那个久远的家园里，他们不需要进城，也不需要出城。他们知道，一座联通了高铁、开通了航班的城市里，已没有他们的位置了。

姨爷爷是旧历年年底走的，他走时，这座城市已空空荡荡。户口迁到了这座城的人，这座城里没有户口的人，都开着车，回到了乡村，回到了他们最初的出发地。一座没有人流、车流的城市，真正有了喘息的机会。

最初的筑城人没有想到，用夯土、用泥巴筑起来的城，不仅无力抵挡人们的流入，也无力抵挡人们的流出。

苇

　　数十根巨大的钢缆，拉起一座桥。那种穿透时空的力，仿佛要把天与地也一起拉起来。桥下，就是洞庭湖与长江的交汇处。隆冬时节的洞庭水波不兴，一艘艘挖砂船像一幢幢高楼一样耸立在湖面，这些因一纸禁采令闲置的船，有巨大的力量无处发泄，只能无精打采地望着拥挤的湖面发愣。

　　在湖滩上，最精神的是一滩的芦苇。芦苇是在和一湖的水搏斗中生长的，春天一到，一湖的水，舒展手脚，不急不慢地涨，水中的芦苇，放开了手脚，急如星火地长，浪涌来涌去，风吹来吹去，鱼游来游去，这些都不能遏制芦苇，芦苇知道，它唯一的希望就是超过水涨的速度，从水中露出头来。如果水的涨速超过了芦苇，芦苇就不叫芦苇了，叫腐草，幸运的腐草，成了鱼的食物，变成鱼的一部分，不幸的腐草，被浪卷进湖底的污泥里，再也看不到阳光。现在湖水退尽了，一片无边无际的滩成了芦苇的广场。没有人干涉它的生长了，它们却停止了生长，现在，它们的任务是开花，一滩的芦苇一起开花的盛况，比得上一波不期而至的洪峰，它们趁着风，把一朵朵苇花抛向天空，一直抛到它们向往的高度，就像洪峰激起的浪花一样，让寂寞、空旷的湖滩，重现洪波涌起的壮观。

在湖滩上，只有芦苇按照自己的个性生长。湖滩外的世界里，我们已经习惯模式化的生活。在最小、最简陋的会议室里，我们都要摆上一张主席台，主席台下隔多远一张桌子、一把椅子、一块牌子，都有严格的规定，芦苇不管这些，没有人给他们提要求，他们不需要主席台，也不需要桌子、椅子、席位牌，只用一株一株疏密相间的芦苇，就布置起一个气势磅礴的会场。会场里，有的地方密不通风，有的地方稀稀疏疏，有的地方又空出一大块，一根芦苇都找不到。会场里没有横幅、没有标语，只有漫天飞絮般的芦花在舞动，在天地相接的地方自由自在地荡漾。

芦苇的会场没有预留一条条横的纵的路，到苇林深处的路需要用砍刀来开辟。记忆中，大汉叔的砍刀是专门为砍苇设计的。大汉叔的砍刀不是普通的砍刀，他的砍刀前端不是尖的，也不是方的、圆的，而是弯的。一把弯刀砍向哪里，哪里的芦苇就躲无处躲、藏无处藏了，它们只能俯首听命，由一根根立着的芦苇变成一捆捆躺着的芦苇。

大汉叔是为湖滩而生的。性格和芦苇一样喜欢自由的大汉叔，每年总是第一个报名进湖滩砍芦苇，离开了黄茅港的大汉叔再不受门口高音喇叭的限制，也不再受队长那只铁哨的限制，背着一袋米，操着一把弯刀的大汉叔在湖滩找到了他的位置，也找到了他的空间。他和伙伴们用弯刀砍出一条深入苇林的路，在苇林深处砍出硕大的庭院，再用砍下的芦苇搭建他们的住房。一间密实点，做卧室；一间马马虎虎能遮风挡雨，就做厨房。在卧室和餐厅不远处，再搭建一间简陋的厕所，建好这三间房子，这片湖滩就属于他们了。在大汉叔的心中，世界上最好的房子无非就是这样的三间：一间吃、一间睡、一间排泄。拥有三间这样的房子，在湖滩上就是头等的阔人了。拥有这三间房子，村庄就离大汉叔远了，远得像淡淡的雾，风一吹就散得干干净净。

在湖滩上，吃，才真正考验人。手巧的砍苇人，随手一挖，就能从湖滩的污泥里挖出一堆黄鳝、泥鳅；信手一甩，就能用一根钓线，钓上一条活蹦乱跳的湖鱼来。再不济，也能用一只苇篓，诱来一大盆螺蛳。大汉叔的绝技不止这些，他的绝技是打甲鱼，一根吊着铁砣的钓丝甩出去，能不偏不斜地钩上一只脸盆底一般大的甲鱼来，这能耐，只有湖中最有经验的老渔民才有。

安顿下来的大汉叔，在湖滩上爆发出巨大的能量。他用弯刀排头排脑地砍过去，芦苇一片片地倒下，倒成一片片的庭院，倒成他心中想要的任何形状。隐在苇丛中的大汉叔，逆着阳光的方向起伏，拥挤的湖滩，在他的起伏中变得空旷而敞亮。起伏中，一片片放倒的芦苇被扎成捆，又被码成垛，再被装上船，装到湖滩上只剩下一片空地时，真正寒冷的天气来了，年关也来了，大汉叔的伙伴们在寒风中一哄而散，湖滩上只剩下大汉叔一个人。大汉叔不是不想走，而是不能走。他还要为一个人完成一个冬天落下的工夫。这个人就是大汉叔的爹。

大汉叔的爹也是标准的砍苇人。湖滩上没有标准，除了一湖水按日月经行的规律来了又去外，这片湖滩，再也找不到一种标准。像湖滩上的路，一头很宽阔也很坚实，但走着走着就走到一滩沼泽里，越过沼泽后，它们分了家，分成一条条细细的岔道，你再也分不清它们通向哪里，沿着这些路走，你就迷失在滩上的苇林里。大汉叔的爹的标准是砍苇人的标准。一天砍多少芦苇，一个人扛多重的苇捆，一顿吃多少碗米饭，照着大汉叔的爹做，你就是一个标准的砍苇人了。大汉叔的爹同样是一个标准的农民，但他的出身不好。出身像一根刺一样深深地扎在他的心里。到别人差不多都忘了他的出身时，他还在跟那根刺纠缠，他变得越来越孤僻，他孤僻的世界里有无尽的羁绊。大汉叔的爹每个冬天都选择到湖滩来，避开那些羁绊。他来了，湖滩就开阔起来，也热闹起来。一片片的芦苇倒下，一群群的鸟跟着他的脚印起落，太阳也扑闪着翅膀钻进苇丛里。湖滩不管谁高谁矮、谁重谁轻，谁孤僻谁开朗，它只服能征服它的人。

大汉叔的爹身影在苇丛中出没，他的身后，一头老牛不紧不慢地吃着刚露出头的湖草。大汉叔的爹做梦都想不到，他死于这头牛。首先是这头牛老得死了，然后，大汉叔领头，鼓动砍苇人凑钱买下来，分吃了它。大汉叔的爹吃了一碗又一碗，把一个冬季的饥饿、把一年的委屈全补偿在那顿牛肉晚餐里了。吃完后睡，他就再也没有起来。

没了爹的大汉叔没了家，他只剩下湖滩和湖滩上的芦苇了。他的家就在这里，只有湖滩上，只有守着爹的足迹，他才能踏实。这里，年的气息飘不过来，队长的铁哨声也飘不过来，来来往往的只有一些叫不出名字的鸟，有一些比麻雀还机灵，有一些比燕子还漂亮，它们在大汉叔的房间里飞进飞出，在芦苇屋顶上唱歌，唱得芦苇荡里满是家的味道，也满是爱的味道。

待在寂静的湖滩上，是大汉叔一年中最舒坦的时候。天下之大，再没有比这几天更自由自在的日子了，他砍了吃，吃了睡，睡了又砍。他跟站着躺着的芦苇说话，跟厨房里吱吱叫着跑来跑去的老鼠说话，和远处一只振翅巡视的雁说话，也和湖中偶尔经过的船说话，说一些只有砍苇人才听得懂的事，说一些只有真正属于湖滩的生物才听得懂的事。大年夜，他没有鞭炮，就在湖滩上用芦苇点燃一把冲天的火，在火上烤湖鱼，把一个没有团聚的夜过得火气十足……大汉叔觉得，他就是湖滩上最幸福的人。他比李白幸福，李白写诗常找不到酒；而他有的是湖水，一湖的水既可当茶，也可当酒。他比杜甫幸福，杜甫的草堂绝对比不上他的芦苇屋。他也比队长幸福，队长要听大队长的，要听驻队干部的，听来听去常找不到方向……在这片湖滩上，大汉叔只听自己的，他和一滩的芦苇一样，无拘无束按自己的方向行走……

再踏上这片湖滩，已是二十多年后的事了。我是受大汉叔的委托特意来看一下这片湖滩的。年迈的大汉叔走不了这么长的路，他佝偻的身子，早就挥不动弯刀了。他守在儿子的高楼里，守着一个个风平浪静的日子。但他做梦都想回来，回到湖滩上。

在高高的洞庭大桥上看桥下的芦苇滩，看不出那里是漫山遍野的芦苇，更像是一层厚厚的毛毯覆盖在湖滩上。一滩待割的苇，在秋风中展示着强劲的生命力。在一路上若隐若现的塑料制品的引导下，我沿着砍苇人的足迹走入苇林，走近砍苇人的帐篷，他们正在开饭。吃永远是砍苇人的大事。新一代砍苇人吃的并非产自湖滩，锅中煮的鲢鱼、碗中盛的蔬菜、碟中装的腌菜全来自岸上，连他们喝的水，也不是湖水，而是桶装的纯净水，湖水早就不能饮用了。新一代砍苇人的帐篷，不用芦苇，大多用塑料、帆布搭建或干脆就用现成的专用帐篷。他们的交通工具，不再是双脚，而是一嘟一溜烟的摩托。休息时，他们躲在帐篷里，用手机收看岸上的节目，他们几乎把岸直接搬到了湖滩上。他们听命于岸上的人，按岸上人的交代安排一天的工作。湖滩上的芦苇也不再是过去的芦苇了，芦苇必须按收苇人的意图生长，哪个季节增肥，哪个季节防病，都有人来给他们定做方案，在这片它们生活了亿万年的湖滩，它们第一次失去了生长的自由。

新一代的砍苇人，生活在湖滩，过的却是岸上的日子，他们是无法体会大汉叔的心情的，一个不喝湖水的人，永远融入不了湖，也永远融入不了湖滩，融入不了苇。

我知道，大汉叔只能在自己的梦里坚守那滩苇，他再也回不去了……

塔

塔在平桥垸。平桥垸位置很特殊，垸外，就是东洞庭湖。

对湖而言，垸很小，小到几乎可以忽略不计。湖一直把垸当成自己的一部分，涨水时，湖一迈腿就到了垸，垸里的庄稼、野草、房屋统统归了湖。退水时，湖把垸里的一切又还给垸，但庄稼成了腐草，房屋成了废墟，只有野草还是勃勃生长的野草。

塔修在垸里，修塔的目的是镇水。警示湖不要轻易到垸这边来。修塔的材料是石，垸民知道，对付汹涌的波浪，木塔不行，砖塔也不行，只有用石塔。修塔的石头来自长沙，石基、石壁、石梯、石檐，都是一块块质地坚硬的麻石。只有塔尖是镀金的铜，后来塔尖被盗卖了，塔就成了一座全麻石的塔。麻石的塔，经得起任何风浪的侵袭，对湖本身就是一种震慑。

修塔的人姓何，当地人称他锦云公，他的产业离垸很远，他的事业也离垸很远，远在千里之外，但他的心在垸里，在这片他出生的土地上。为官多年，告老还乡后，他带回了一把万民伞，也带来了一个心愿：修一座可保一乡风调雨顺的塔。修塔可不是一件小事，挑战的不仅是风，不仅是雨，还有湖。修着修着，湖来了，一湖的水，冲垮了塔基，垮了修，修了垮，一直修了十九年，塔从此矗立在垸里，再没有垮过。但塔修好后，身心俱疲的锦云公垮了。人们纪念锦云公，塔取了他名中的一个字，叫凌云塔。

在垸民心中，塔像锦云公一样充满温情。风来了，塔檐的草像旗一样地飘，告诉垸民，湖面起风了；雨来了，垸民躲进塔里，最大的雨也淋不到；汛来了，垸民爬上塔，汛情尽收眼底。放牛娃来来往往，他们把塔作为休息的场所；农夫来来往往，他们在塔里寄放农具和收获的农产品。读书人来来往往，他们在塔前联句，在塔顶吟诗。

来来往往的最著名的读书人是吴敏树。他是柈湖文派的创始人。他是一个像这座塔一样硬朗的读书人。他名满天下，朋友亦遍天下。他的好友曾国藩赞他："字字如履危石而下，落纸乃迟重绝伦。"曾国藩来岳州邀他晤谈，举荐他做官，他拒绝了，他不做官，也不亲官。但他亲民、亲湖，也亲塔。他常常骑一头驴，携一卷书，找一张木案，在塔下、在湖边写诗、写文，写得一湖的水充塞忧患之气，写得一垸的风饱含文人风骨，写得这个默默无闻的垸，像不温不火的春汛一样，一漾一漾地印在人们的心里。他曾在岳阳楼写过一联："乾坤吴楚双开眼，廊庙江湖一倚楼。"这副对联被收进了岳阳楼名联集。但他在凌云塔下写的诗文，因随写随送，送的又大多是为生计来去匆匆的农民或渔民，他们无暇去品味，也无暇去刻印，就大多失传了。有了文气，塔便多了些莫名的儒雅，远涉江湖的船，远来的客，看到塔尖，便有了些没来由的敬仰。

塔招来了文气，也招来了兵戈。太平军来过，清军来过，他们都把塔当作绝妙的哨所，他们来了走，像一湖的水一样涨了退。没有人知道，他们在塔里做了什么。只有那年，一队日军从塔下经过，不走了，占了塔，他们把营寨建在塔下，把重机枪架在塔上，他们的汽艇在湖面游弋，搅得一湖的水浑浊不堪，搅得四乡八镇睡不好、吃不好。乡人一怒之下，领来了抗日游击队，一场激战在塔下进行，那个晚上，枪炮打红了垸，打红了湖，打得塔弹痕斑驳。天亮了，日军撤了，垸恢复了平静。经过战火熏陶的塔，在初升的阳光下，更见伟岸了。

经历过百余年的沧桑，塔越来越镇定，越来越淡泊。风过来，它和风聊几句，听得塔檐上的草入了迷，也跟着点点头、哈哈腰；鸟过来，它和鸟说道说道，有的鸟不走了，就在塔里安下家来，它们不厌其烦地唱歌，把一座塔唱得充满活力；云过来，它翘着脑袋和云招呼招呼，那云便停下来，用一片云裳遮住塔，将塔隐在阳光里，给塔一片荫凉。

经历过百余年的沧桑，塔已忘记了它为什么立在这里，它记得最开始时，有人念念叨叨，说要它镇住湖，可是它立在这里，湖从来没有给过一点半点面子，它还是那个做派，一抬腿就涌进了垸里，一抬腿就俘获了垸一个春天的辛勤付出。不知什么时候起，垸民开始外迁，搬到山上。但每年的春天，他们仍然坚持来垸里播种，种下希望，希望哪年，湖能忘记这片垸，忘记这里的庄稼。如果真有那么一年，东洞庭风波不起，垸一年年累积的生长欲就会不可遏制地勃发，长得垸郁郁葱葱，长得垸硕果累累，金黄的稻、雪白的棉花、绿油油的蔬菜，让塔下的垸天天荡漾着笑声。有了那年的收获，垸民就能抵挡数年的洪水。

这时，塔就显得格外地高大了，垸民把所有的赞美都毫不吝啬地献给塔。他们给塔上香、上供品，也上祭文，让塔在烟雾中神秘起来、陌生起来。让塔把百余年来的失落，一股脑儿捡拾起来。

塔没有想到，这座湖有一天会和垸隔离开来。建塔是因为水，湖水太多太大，大到人无能为力，只有求祈于塔。隔离湖，也是因为水。湖里贪婪的水，不停地吞下垸民珍视的希望，也吞下了岸上工厂厌憎的废弃物，废弃物太多太多，多到湖难以消化，一湖流淌了千年万年的水，眨眼间从清澈变污浊，从甘甜变苦涩。一湖的鱼，逃无可逃，避无可避，它们只能忍受。近湖的城里人也无处可逃，他们没有可饮的水了。他们就想办法从山里找水源。在塔建成一百多年后，遥远的山里筑起了一座铁一样坚固的大坝，清澈的山水，让一城的人松了一口气。因为大坝，山里的人，全部迁到了垸里，垸外修了一座长长的堤，堤挡住了湖，让一条壮阔的湖一下子缩进去一大块，像一条健壮的牛，活生生地被人扯脱了一段尾巴，变得格外地难看。湖能说什么呢？它也只能忍受，像它施虐过的垸一样忍受。

垸民忙着在垸里修水渠、修房子、种作物，没有人去求塔镇湖了，没有这些困扰，塔可以彻底静下来，成为垸里一道最特别的景。一到春天，四乡八镇的闲人，远在百里、千里外的城里人，都来观塔，他们在塔顶远望，在塔下野餐，在塔里说着与一座塔毫无关联的杂事，听着这些杂事，看着这些陌生人，不知不觉，塔的一天就打发了。

用十九年漫长的光阴修成的塔，最后活成了一道风景，最后要靠观风景的人来陪伴、来打发漫长的日子，这是锦云公没有想到的。

江猪

　　洞庭湖也有猪，不过它不叫湖猪，而叫江猪。

　　江猪是渔民的吉祥动物。它的外形和一头圈养的猪神似。看到一头健壮的猪，农夫的心情之舒畅是难以形容的。看到一头活泼的江猪，渔民的心情之舒畅也是难以形容的。因为有江猪在，就可以断定附近有鱼群在，就可估算一天的渔获。江猪是渔民对它的昵称。

　　江猪还有一个名字——江豚。但江猪不喜欢这个名字，因为这个名字是书架上书本里的名字，只属于办公室、研究所或实验室。这名字听起来文绉绉的，要多别扭有多别扭。江猪不喜欢办公室、研究所或实验室，也不喜欢这个室那个室里的繁文缛节，它喜欢酣畅淋漓。它喜欢湍急的水、呼啸的风、渔民的号子。每天清晨一听到渔民的舱门响，它就兴奋起来了。它追着航迹跑、迎着风飞跃、听着渔歌跳舞。它喜欢这样的生活，就像一个老迈的渔夫始终迷恋湖洲生活一样。

　　江猪是洞庭湖的宠儿。它处于这座湖食物链的顶端。湖里的弯弯汊汊都是它的势力范围。它的行迹可以到达洞庭湖的任何一个角落。它了解这座湖就像了解自己一样，它是听着这座湖的故事成长的。它知道，湖中有一口井，一个叫柳毅的书生从这口井里传送过一封信，这口井就成了一口浪漫的爱情井。它知道，两个女人因怀念丈夫，在一座湖中岛上哭泣，眼泪将一岛的翠竹染成了斑竹，成就了两位坚贞美艳的湖神；它知道，汩水注入洞庭的入水口叫磊石口，一个老人在磊石漫步，无意中将一卷《渔父》失落在水中，水顺流而下，将《渔父》带入洞庭，这座湖中便多了一脉"清浊"之水；它记得，一个叫杜甫的老人泛舟而来，在湖畔的岳阳楼上留下一首诗，这座湖便多了一份"凭轩涕泗流"的悲怆；它记得，一位叫滕子京的人将一篇记刻在岳阳楼上，这座湖便汹涌着"忧乐"的浪……动人的传说、忧伤的泪水、沉抑的诗篇、忧患的情怀，让这座波澜壮阔，注满数千年往事的湖时而让人心旷神怡，时而让人感极而悲。

江猪很少有感极而悲的时候，它大部分时间是心旷神怡的。它完全适应了这座湖。它的每一天忙而充实，它在柳毅井找爱侣，在三江口听渔歌，在九马嘴追鱼群，在黄茅港水湾休憩……它几乎没有消沉的时候。洞庭湖有时有风，有时有浪，那更能刺激它的情绪，它迎着风高高跃出水面，激起大片的水花，善意地提醒湖中的渔夫，赶紧结束一天的工作，寻找避风港，它和渔夫间由此建立起牢不可破的友谊。渔夫从未想过要去捕猎一头江猪，他们的渔网总是避开它们黝黑、灵动的身影。

如果说它有消沉的时候，那是它在为人类而悲怆。它在三江口看遮天蔽日的战船毁于大火，在九江看大片的良田、房舍被洪波吞没，在城陵矶看一位绝望的女子跳入湍急的湖波，看见一群群的难民结伴匆匆地赶往一个个看不到未来的目的地……这时，它会流泪。那时，它的眼泪像湖水一样清澈，可以映衬帆影。它不能完全了解人类，它听不懂人类的诗和歌，但它听得懂人类声调的低沉快捷，它从人类的声调中获悉人类的心情，它和人类一起分享着世事的兴衰沉沦，和人类一起愉悦，也和人类一起忧伤……

它完全没有想到，自己的生活也会陷入忧伤。它美好心情的终结缘于湖水的变化。这湖清澈的水变得浑浊了。浑浊的原因是人类要改变自己，要改变这个世界。这个沉寂了数千年的世界几乎一夜间就变了，变得异样地陌生。首先改变的是湖水，"沧浪之水清兮，可以濯我缨。沧浪之水浊兮，可以濯我足"。清的时候，这湖水可以直接煮食物，现在，这湖水只剩下浊水了，只能濯足。湖水变了，湖面的天空也变了，江猪可以从天象中预知天气，可以看到嫦娥在月宫里逗弄小白兔，但现在，它只能看到烟囱喷射的经年不散的烟雾。这座湖的宠儿不再被宠，它被湖遗弃了。它的活动半径一缩再缩。它不敢追逐航迹，货轮硕大的桨会毫不客气地击碎它的头颅；它不敢远游，游荡在湖面带着电缆的渔船能在瞬间将它变成一具僵硬的躯壳。更严重的是它找不到休憩的所在了，挖砂船巨大的机械臂将湖底挖成了一个个陷阱，每一次宿营都是一次挑战。它变得笨拙、变得低能，它无忧无虑的生活充满了太多的忧患。

它从来没有刻意地去研究诗文，但现在它开始真正懂那些沉抑顿挫的句子了。它开始理解"民生多艰"的况味，它开始体会"凭轩涕泗流"的心情，它开始经历"感极而悲"的窘境……它在这座湖标志性的建筑——岳阳楼下久久地徘徊。在这座楼下，它见过太多的眼泪，听过太多的呐喊，但这些眼泪、这些呐喊都被湖面的风吹走了，有的融入了诗人的酒杯，有的化为斑竹的斑痕，有的则和着一团污泥永久地沉没在湖底。

它没有太多的闲暇来研究诗文，它的当务之急是解决一天的生活所需，解决休憩地，解决繁衍场所。这个世界的改变和这座湖的改变，让它的族人像洪灾过后逃难的人类一样，终日处在惶惶不安中。它的族群在急剧地缩小，它的很多同类大多还没有经历过一场像样的爱情就死于意想不到的伤害，它们安静地躺在湖滩上、困在迷魂阵里、埋在泥沙深处……

人类人文的江湖，它找不到自己的位置，自己赖以生存的江湖，正变得陌生、变得狰狞。这个世界的改变，让一头江猪从这座湖的精灵变成了这座湖的弃儿。它还能做什么呢，它只有哭泣，将亿万年进化的眼泪倾泻到湖中的某一个角落。亿万年的坚守，它才拥有这座湖；亿万年的进化，它才写就一头江猪的历史，现在它要失去这座湖了，就像这座湖要失去它一样。这时，它才知道，它是这样的脆弱，它的灵动，抵挡不住电缆的随手一击，它的历史混沌了，混沌得只剩下眩晕，就像置身湖中湍急的旋涡一样。

它永远无法忘记，它的爱侣临死时痛苦的神情，泪水从它的眼里汩汩地流淌，它知道，它对这个世界，对这座湖有无比的留恋。泪水中，看不到帆影了，它看到的，是自己惶惑的消瘦的身影……

有人拍下了它的爱侣临死的镜头，也拍下了它眼角的眼泪。这组镜头被人印到了一张临湖的纸厂生产的新闻纸上，镜头上有一行大字：人类看到的最后一滴水，可能就是江豚的眼泪。

台

　　淅淅沥沥的雨中，深秋的鹿角码头宁静而萧瑟。码头的西北角，几丛枯草簇拥着一座土丘，那就是我们冒雨寻找的古迹——相传为岳飞所筑的点将台。

　　宋词里的鹿角，是不大不小的商埠。通往码头的小镇，宽阔的石板街蜿蜒向前伸展，两旁是清一色的商铺，不时有飘扬的彩旗伸出，远涉江湖的客商，携着各色的行李在茶坊、酒肆、脚店、杂货铺里出入。沿街叫卖的小贩，把一条长长的街喊得充满温情。酒楼临窗的雅阁里，不时有宽袍大袖的书生，在迎风高诵长长短短的新句。秋风中，至今依稀有宋词的韵律款款而来。

　　经历过八百年的风雨，台上的将，台上的兵，以及这场轰轰烈烈的大战的印记都没有了，只剩下砂石和枯草在风雨中战栗。如果不是当地人的提醒，没有人会将临湖的岸边那个毫不起眼的土丘和八百年前的风云联系起来。站在台上，临湖远望，我们看不到洞庭湖浩荡的气象了。这座古老的湖露出了被挖砂船切割得伤痕累累的湖床，除了湖心沙洲上偶尔起落的水鸟，窄窄的湖面再难见到运动的物体。这段因盛产砂石而远近知名的湖道，终于迎来了一年中难得的休整期。

湖对面的一抹黑线，是连绵不绝的苇林。那里，曾是杨幺的营寨。站在坚实的点将台上看对面的寨，尽管难以看透寨的虚实，但能强烈感受到寨的虚弱，就像人们在湖水退去后，能强烈地感受到湖的虚弱一样。寨是水寨，它的脚下是松软的湖泥和不期而至的洪水，一场大雨就能将它淹了，一次塌陷就能将它埋了。

选择在坚实的岸上筑点将台和选择在松软的泥土上建寨，本身即是一种结局。一种坚实的结局和一种松软的结局。坚实的自然是岳飞。八百年前的雨雾中，以武勇、谋略闻名的岳飞，站在点将台上，他的脸上没有笑容，只有疲惫。他熟读兵书，深知固国不以山河之险。他知道，隔着湖、隔着泥沼，他依然有信心踏平对面的水寨。他相信岳家军的战力。他没有信心的是时局。这已不是黄袍加身的赵匡胤时代的大宋了。这是南宋，根基像沼泽一样松软的南宋。秋风中的南宋，和深秋裸露的湖滩一样地，处处散发着腐败物的气味。秋风中的鹿角码头，也不再有昔日的繁华。连年战乱，这里的酒肆、茶馆全都关门歇业，只剩下一条青石路，畏畏缩缩地伸展在萧瑟的秋风里。忧心忡忡的岳飞，有太多的惆怅，正像他自己说的一样："欲将心事付瑶琴。知音少，弦断有谁听？"

对面的湖洲上，杨幺也在远望。支撑杨幺的，不是一个坚实的台，而是一个响亮的口号：等贵贱、均贫富。这个口号让他找到了一个比磐石更坚固的支撑，那就是民心。他的口号一经传播，整个洞庭湖流域都沸腾了。拥有一个家园、一块土地，可以按自己的意愿安排一年的劳动，这对一个农夫而言，其吸引力是不可抗拒的。几千年来，农夫有过什么呢？他们终年在土地上劳动，但土地不是他们的；他们收获土地上的收成，但收成的绝大部分不是他们的。他们只有劳碌，只有屈辱，只有痛苦。现在，不仅有人给他们提供土地，还和他们一起分享权势，这样的吸引力，是无与伦比的。凭借农夫的支持，杨幺很快控制了洞庭湖流域。

现在，岳飞来了。杨幺罕见地体会到了一种从未有过的沉重。杨幺的水寨里没有筑点将台，只有一座用木头搭建的亭，亭脚深深地陷入泥沙中，它还在以人们无法感知的速度，慢慢地下陷。走到那一天，杨幺早就忘记了悲欢，忘记了忧愁，更忘记了恐惧。他创造了太多的辉煌，他的口号让整个洞庭湖流域都动员起来了，他获得了农夫的支持。但最难通过的是时间的检验。他的口号没有通过时间的检验。征战之余、劳作之余，农夫发现，他们离平等、离均富还有遥不可及的路，他们要面对的除了忙碌、除了饥饿，还有死亡。理想和现实之间巨大的反差，压缩了农夫的生存空间，也压缩了义军的生存空间，这是农夫没有想到的，这也是义军没有想到的。没有生存空间的梦，最后的结局只能像泡沫一样破碎。就像杨幺脚下的亭，塌陷只是时间问题。

岳飞撼动杨幺的战术，就是从挤压他的生存空间入手的。他没有轻率地去冲击那些木寨，而是选择去分化营寨里一块块的营区，一个个首领连同他们的部下，在岳飞的分化手段下走出了那片湖洲，等待他们的是他们通过斗争没能得到的富贵。他们的身后，一片片失去支撑的营寨倒了，成了湖的一个个新的、狼藉的印记。最后，湖洲上，只剩下杨幺那座孤零零的营寨了。不久，那座无助的、失去了支撑的寨，连同那个令一代又一代农夫为之神往的均富梦，消失在裸露的湖滩里。

杨幺死了，他的梦碎裂了。为了这个让人向往的梦，湖畔的农夫甘于献出他们的一切。但他们还没来得及真正入梦，梦就碎了，连同他们的一切，一起碎在寒风里。今天的洞庭湖畔，除了杨幺洞、杨幺坟等扑朔迷离的故事还在山野间传播外，再也找不到那场轰轰烈烈的斗争的任何印记了。八百年来，杨幺一直没有明白，支撑他兴起和导致他失败的是同一座台，一座理想中坚实的台和现实中松软的台。

岳飞也死了，他的梦也碎裂了。他没有死在战场，而死于刑场。一次次征战，一个个对手倒下了，岳家军强悍的战力为岳飞带来常人难以企及的荣耀，也带来了一个个密室里的阴谋。经年苦战，岳飞等来的不是直捣黄龙的结局，而是史无前例的十二道金牌和一个碎裂的梦。1142年，历经"八千里路云和月"磨砺的岳飞，胸中的壮志和愤懑一起定格在历史的风波亭。岳飞至死都没有明白，那个时代，实力不是唯一的，决定结局的除了实力，还有许多和实力无关的聚会、饮宴和密谋。能从战斗中获得的荣誉和军功，他都已经获得，但他缺少的，恰恰是一座可以支撑他淋漓尽致地挥洒才华的台。八百年来，岳飞也一直没有明白，支撑他兴起和导致他失败的也是同一座台，一座理想中坚实的台和现实中松软的台。

没有坚实的台，杨幺失败了，岳飞失败了。而失去了民心，也失去了将心，一味苟安的南宋，败得更惨。1276 年，宋元在崖山海战，宋战败。与文天祥、张世杰并称为"宋末三杰"的左丞相陆秀夫身负年仅六岁的皇帝投海。这个像清明上河图一般花团锦簇的朝代，像风浪中的沙堆一样垮了，垮得那样令人痛惜。

这座八百年来一直默默无闻地立在湖岸的土丘，给人以如此深彻的憬悟，让人肃然起敬。我开始明白，八百年来，人们小心翼翼地保留这座台的真正原因了。

归来时，已近黄昏，雨还在下，湿冷的湖风拂过，湖洲上隐隐传来水鸟的哀鸣。隔着八百年的时空，似乎还有敏感的灵鸟，在为八百年前的斗士做约定的晚祷。

道姑岭

　　道姑岭原来不叫道姑岭，也没人叫它岭，它原本只是一道名不见经传的斜坡。不知哪一年，来了一个道姑。化缘在斜坡上铺了七十二级青石台阶，方便百姓上下。台阶两边开了石槽，方便推车运送货物和排水。七十二级台阶一铺，斜坡的猥琐像被一阵急雨冲洗得干干净净，换上的是岭的气场。为了纪念这位不知名的道姑，人们就把这道斜坡称为道姑岭了。又不知过了多少年，手推车从道姑岭消失了，取代手推车的是机动车，为了方便机动车，道姑岭人忍痛拆掉了石阶，在斜坡上铺了一层厚厚的水泥。这时，道姑不知道去了哪里，或许早就不在了，道姑不在了，石阶也不在了，但岭名在，再没有变过。

　　道姑岭这道斜坡不是普通的斜坡，这道斜坡的底下开了岔，变成了一个"人"字。"人"字的一笔通到鹿角码头，一笔通到湖滩。通到码头的那笔将从鹿角码头船上下来的人和从鹿角码头上船的人都引到了道姑岭；通到湖滩的那一笔，则将湖滩对面湖洲上的故事引到了道姑岭。引过来引过去，道姑岭就热闹起来了。从湖里客船上下来的来自东边、南边、西边、北边的人，从湖洲里捕捞上来的青鱼、草鱼、鲢鱼、鳙鱼和从湖洲里带来的故事，最后都要在道姑岭最大的杂货铺里歇脚。道姑岭最大的杂货铺就在"人"字通向湖滩的那一笔。通往湖滩的那笔有很多店铺，张记、李记、陶记、黎记……是一部百家姓。店铺的营生五花八门，有开饭馆的，有开渔需店的，有开杂货店的，有开理发店的。那家最大的店铺店主姓罗，他的店和他的姓一样有包罗万象之意，他不单经营渔需，也经营杂货，他是个和善的老头，名字里有一个义字。他的铺子里的东西不见得高大上，但绝对货真价实、足斤足两。他待人也义道，熟悉的不熟悉的，最后都和他处成了好朋友。他的义感染了"人"字通向湖滩的所有店铺，因为这份义，道姑岭热闹了几十年，道姑岭的店铺也红火了几十年。洞庭湖里的鱼，在道姑岭歇脚后大多运到了遥远的城里。从城里运来的货物，在一个个店铺里短暂停留后被来来往往的人带到了四乡八镇。和店铺同样有名的是肉食站。肉食站在道姑岭七十二级台阶上不远处。肉食站的名气不是因为他的义道，而是他的无义。肉食站折腾猪是有名的，一头喂得滚壮的肥猪，是一个家庭一年的希望，它在一个家庭中的地位和喂养者的家人完全一样。一头寄予了无限希望的猪，在肉食站成了被"审查"者，肉食站要给它定等级、除涮，一个环节一个环节严厉的"审查"，将一头头无辜的猪折腾得嘶声大叫。肉食站折腾人也是出名的，肉食站每天只宰一头猪，想买到猪肉，只能赶早。为了一两斤肉，村民摸黑出门，赶到肉食站时，才发现前面已排了一长列的队。轮到自己时，窗口里的肉案上已空空如也，只能明天再早点来。折腾来折腾去，肉食站的名声自然好不到哪里去。

在道姑岭，所有存在的事物都是两面的。有人来，也有人往；有人聚，也有人散；有店铺的义道，也有肉食站的无义，就连从湖洲上带来的故事，也各执立场在道姑岭上传播。道姑岭上传得最久远的故事是岳飞和杨幺的故事。道姑岭上还有岳家军驻扎过的痕迹，那痕迹叫点将台。点将台没有将，也没有台，只是一座微微隆起的土堆，土堆正对着对面的湖洲。土堆上，和岳飞有关的印迹都被岁月清洗了，但往土堆上一站，能强烈地感受到土堆里埋藏的历史在一件件复活。复活的有岳飞飘舞的长须，有他拍遍栏杆的怅惘，也有那闪亮的十二道金牌。道姑岭人至今小心翼翼地保留着点将台的遗址。点将台对面的湖洲上，曾立过杨幺的水寨。水寨也被岁月清洗了，但道姑岭人在心中保留着杨幺的位置，距道姑岭十来里的杨源村，建起了一座巍峨的庙，庙里供奉的正是杨幺。每年三月，道姑岭总有人顶风冒雨去上香。两个在立场上、在利益上完全对立的人，近千年后依然鲜活地并存在老百姓的心里。这是历史学家最不能解释的一种历史现象。现在岳飞没了，杨幺没了，点将台没了，湖洲上的水寨也没了。只有洞庭湖里滔滔不息的水还在奔涌着。

道姑岭的活力来自这湖水——洞庭湖的水。湖鲜、客船、游人和那些故事都因这湖水生长。水有起有落。水盈的时候，是道姑岭一年中最繁华的时候，来自货轮的汽笛，来自船老大的号子，来自小贩的吆喝，将道姑岭挤得水泄不通。这时，道姑岭上的店铺，一律加时开放，饭铺里增加了宵夜供应。岭上岭下，一派忙碌而喜庆的气象。水枯的时候，则是道姑岭一年中最萧条的时候。此时道姑岭人也没有闲着，他们用晒干的鱼虾，铺满一片片竹席，摆在街边或门口，就像草原上的牧民为远道而来的客人准备的哈达，吸引着来来往往的客商。

道姑岭人像珍爱自己的眼睛一样珍视这湖水。他们喝的水、用的水全来自洞庭湖。他们知道，他们生存的依托就是这湖水，南来北往的人、大宗小宗的货、形形色色的机会，都奔水而来。只要有这湖水在，道姑岭人就可凭这道岭的地理优势跨过人生中的一道道坎。水也有不友善的时候，水的不友善是以水的方式来表现的。一场连雨后，水一夜间就涌到了道姑岭"人"字的分岔点，"人"字两笔的低洼处全浸到了水下，被水浸没的可能是一个夏天的收成，也可能是一辈子的积累，还可能就是一生。几乎每隔三五年，道姑岭就要遭遇一场不期而至的洪水。无论带来多大的损失，道姑岭人都没有抱怨过水，没有抱怨过洞庭湖，他们用水的柔，避水的刚，在刚柔间寻找一种恰当的平衡。这种平衡就是道姑岭的"道"。

如果不是一场突如其来的倾覆，道姑岭人会在这种平衡中世世代代平静地繁衍和发展。倾覆是从"人"开始的。有一天，道姑岭人突然发现，昔日人来人往的道姑岭安静了。这种安静和洞庭湖漫长的枯水期一样可怕。在洞庭湖的枯水期，湖滩上不时可见螺、贝、蚌，像杂乱的湖草一样，谦卑地裸露在人们的脚下，它们在阳光的暴晒下，一个个变成空壳，给人一种强烈的视觉冲击。没有人的道姑岭就像没有水的湖滩一样，一个个敞开的无人光顾的店铺，像没有了躯体的贝壳，安静地袒露在阳光下。这种安静让从来没有慌过的道姑岭人慌得六神无主。

　　道姑岭的安静跟通往城里的路有关。道姑岭通向县城的路开始是泥巴路，后来是砂石路，后来是双向两车道的水泥路，再后来，水泥路加宽成了双向六车道，道路变化一次，道姑岭的人流便稀疏一点，到通往城里的道路变成双向六车道时，道姑岭"人"字通向码头的那笔断了，它被六车道的水泥路硬生生地扯了过去。走水泥路比走水路快，水泥路这一扯，就再没有人步行来鹿角码头，再坐慢悠悠的船去远方了，他们直接上了水泥路，水泥路上飞驰的车眨眼间就将老旧的码头甩到了身后。水泥路这一扯，道姑岭上兴盛了数十年的集市也跟着衰落。在集市上集散的货也不坐船了，也坐上了车，它们跟着车去了城里或离城更近的交通路口。

　　道姑岭人最没有想到的是，相伴集市衰落的却是采砂业的崛起。六车道的水泥路通车后，洞庭湖最不值钱的砂，一夜间成了最抢手的资源。千百年来，道姑岭人最讨厌的就是砂，砂堆积在湖滩上、在湖道上，湖滩一年年堆高，湖道一年年收窄，湖堤一年年变矮，洪水就来了，洪水一来，道姑岭人的日子就难过了。现在，砂值钱了，也不讨厌了，道姑岭人就开始亲近它了。一夜间，几乎所有的道姑岭人都转型了，有的买了挖砂船，有的上了挖砂船，有的在贩卖砂石……道姑岭中止了安静模式，启动了热闹模式。湖道上整夜整夜亮着的灯，改变了湖滩入夜即寂静的规律，满湖都是机器的轰鸣，船挨着船，响声挤着响声。响声中，衰落的道姑岭再次振作；响声中，沙滩变了，湖道变了，湿地变了，机械臂上巨大的钢铲，将它们切割成了想要切割的任何形状，它们千百年凝聚的尊严荡然无存，成了一堆"贝壳"，一堆阳光下暴晒的"贝壳"。

在一个湖水退尽的日子，我摸索着沿道姑岭"人"字通向湖滩的那笔寻找，记忆中青砖和木板搭建的铺面拆成了平地，渔需铺、杂货铺、餐馆精心制作的招牌，有的化成了灰烬，有的深埋在泥沙里。那些号子、那些吆喝、那些来自湖洲的足印，搁浅在远处的湖滩上，有的隆起、有的深陷、有的积着一坑水……沙滩上看不到人，但能看到人留下的痕迹。人留下的有足印，也有车印。这些印记都和鱼有关，和湖中的砂有关。道姑岭人都记得，这片湖滩，在多年前是有鱼汛的。成群的鱼，像开会一样集合在一片水域，一网下去，密密麻麻都是鱼。现在，道姑岭靠捕鱼为生的老渔民都改行了，不知从何时起，他们的渔网再也打不到鱼，生活难以维持，只有转行，像那些店铺一样关停息业，另谋生计。现在，到这片湖面来打鱼的都是外来户，他们捕鱼不用渔网，经过他们的捕捞，湖便一天比一天寂静了。正像湖中的砂一样，没有砂的滩，寸草不生，鸟类绝迹。这片湖滩，找不到鸭了，找不到牛了，找不到活着的随处可见的蚌了，也找不到水中成堆的螺蛳了……

他们没有想过，形成一个集市，需要十年、二十年，也可能需要上百年，而形成一条航道或一片湿地，则需要上千年或上万年不息的冲刷与沉淀。道姑岭人穷尽一生在沙滩上建筑的繁华与荣耀，最后都交给这湖水、这片沙滩了。

湖滩上只有风还在不屈地表明它的存在，从湖洲来的风，从点将台来的风，将湖滩的味道一点点地聚集又远远地传送出去，一直送到钢筋水泥筑成的城市。没有人能想到，道姑岭通往码头的那笔断了，但在湖滩接续。湖滩上，道姑岭"人"字的两笔，一笔连接的是湖滩的衰败，一笔连接的是一片片城市的繁荣。

窑山

这是一座山。一座卑微得难以形容的山。

说是山，其实是几个连在一起的土包，再矮一分，称山就有点勉强了。

说它卑微，是因山的贫瘠。山上长不出庄稼，长不出树木，也长不出让人流连忘返的奇花异草，连牲口们喜吃的野菜都很难看到。只有一些不知名的低矮的刺树散布在山冈上。这种没有物产的山是不受重视的，就像那些村里找不到老婆的鳏夫一样，别人看他的眼神，总有一种无法遮掩的同情。

山长不出人们需要的物产是因土层成分复杂。挖开稀稀落落的绿色覆盖层，锄头就下不去了。下面一成是土，一成是破碎的陶器，一成是碎裂得不成模样的砖块。这样的土层是蓄不住水的，只有根系极发达的刺树能够生长。由于没有高大树木的阻挡，阳光直泄而下，一到夏天，山就被一层蒸腾的热气笼罩，山上鲜有人迹，在刺树丛中出没的只有声音尖厉的蝉和一些鬼鬼祟祟的山雀。一天一天，一年一年，山在村民同情的目光中执着地生长。岁月催人老，同情的目光慢慢地老去，但山却没有一丝一毫变老的迹象。

我是从老祖母的一句话中认识窑山的。老祖母有一只硕大的、奇丑无比的瓦罐。丑瓦罐是老祖母的最爱，因为无论天气多热，瓦罐中的茶却总是凉沁沁的，经久不馊。在夏天，一罐沁凉的茶，几乎就是一个家的浓缩。老祖母告诉我，这只瓦罐，是多年前从窑山上挖到的。老祖母一句无心之语，使窑山一下子在我的心中扎下了根。

还是在夏日，还是在那片蒸腾的热气里，我拂开刺树的枝枝杈杈，在阳光的缝隙中找寻。光阴荏苒，往事在阳光中浮现，那凹陷的，应是窑肚；那凸起的，应是窑壁；那残碎一地的，应是轰然倒塌的窑囱。透过那些长势格外顽强的刺树，我读到了那相隔着千百年的信息。一群群衣衫褴褛的窑工，挥洒着汗水，在这片荒芜的山丘上，将山一般厚重的土堆、将一个个日子捏成各色器物的形状，一堆堆地码满这个起伏不平的山丘。从早到晚，从春到冬，从年少到苍老，直至在窑山上平静地完成一次生命的轮回。而他们的身后，一队队挑夫，挑着窑山烧制的壶、罐、钵……走进街巷、走进村寨、走进集市，装饰着平民百姓的生活，或是装上帆船，在纤夫粗犷的号子中随波漂泊……窑山见证的是一种执着，一种和时光星月同在的执着。

而窑山真正撼动我内心的，是它深沉的悲愁。无意中翻开《巴陵县志》，我惊奇地发现，这座名不见经传的窑山的历史竟可追溯到隋、唐，更让我无比惊诧的是，这座在村民心中无比卑微的窑山，竟然烧制过御用的青瓷。透过简约的历史记载，我能清晰地感受到这座窑山经历的辉煌和沉沦。我不知道，这座窑山有过多少次的坍塌和重建，但直觉告诉我，相伴每一次坍塌和重建的，是一个时代、一个朝代的兴衰，更是一代代窑工悲欢离合的演绎。

山上有风，风从湖上来，窑山对面，就是烟波浩渺的东洞庭。八百多年前，这座古泊中，曾聚集过一群农夫，他们用窑山烧制的陶钵，盛满自酿的烈酒，对天盟誓：等贵贱、均贫富！誓罢，数千个陶钵在坚实的地面碎成陶片。窑山和这次惊天动地的盟誓被终年不息的湖风传扬，尽管相隔着历史的重重雾霭，依然令人为之热血沸腾。

在凄风冷雨中，旺了千年的窑火熄灭。无论是帝王将相把玩的青瓷还是穷家小户不可或缺的陶钵，都在岁月不绝的磨洗中湮没。窑工连同他们苦心孤诣地烧制的器物最终成为这座山的一部分。窑山平静了，这种平静是历经风雨后的肃穆，是阅尽沧桑后的从容，是顿悟了人生后的恬淡……

山上曾有麋鹿群集，不知何时，鹿群不见了，但偶尔可掘到坚硬的鹿角。窑山，因之称为鹿角窑。

垸

垸伴湖而生。

垸和湖天生就是对立的。湖有很多汊，相当于湖的触手、触角。汊是湖和岸千百年搏斗的战利品。湖一年年冲击岸，岸只能选择后退，有的地方退得少一些，有的地方退得多一些，退得多一些的地方就成了汊。湖尽情地、无拘无束地、毫无顾虑地使用自己的战利品，像农夫使用自己的锄、犁、耙一样。和风和雨搏斗累了，湖伸开触手、触角，舒展下身体，平息下情绪，湖面的风浪也随之平缓。

垸来了。垸是岸边的人修的。修垸当然是用垸。湖是无视岸上的人的，但岸上的人则无时不在观察湖。久而久之，人们了解了湖，知道了湖的许多秘密，也包括湖的汊。知道湖汊有时是可以利用的。不涨水的年份，在湖汊的滩头种上庄稼，收成出奇地好。一年又一年，人们的心动了，如果在湖汊的窄处修一道长堤，隔开湖，汊不就是自己的战利品了吗？

想到这一点的人当然是极聪明的人。这是千百年来岸边的人从未想过，也不敢想的。这个想法一经公布，立即得到了一大片的掌声。20世纪六七十年代，围垸成了洞庭湖流域的大事业。我的家乡，因为修中洲垸，一夜之间，村里住进了一大群民工，清一色的男人。每户少则七八人，多则十来人。他们带着粮食、行李、工具，统一开餐，统一睡地铺，统一作息。如果是晴天，天刚亮他们就出工了，他们的工地一部分是山，一部分是湖滩。他们一部分在山上，一部分在湖滩上，还有一部分在山和湖滩间来来去去。山上的人负责挖土，山和湖滩间的人负责担土，湖滩上的人负责平土。挖土的人靠双臂，担土的人靠双肩，平土的人用的工具先进些，四个人抬一只石磙或一只木磙，高高地抬起来，又狠狠地砸下去，砸到新土一缩，砸一下缩一点，缩到不能再缩时，再砸第二层。一层层毫无关联的新土就这样砸到一起。砸到一起的新土再和山无关，它们成了堤的一部分，它成了人们战胜湖的武器。进入修堤季节，民工的日子比一只只石磙还沉重。他们只有雨天才能休息。一遇雨天，村里就热闹了。忙时，石磙砸下去都砸不出笑声的民工，闲下来时，变了样。说笑的、唱戏的、拉二胡的、打扑克的、挨家挨户串门的，给平静的乡村增添了一层层砸得密密实实的趣味。

民工撤走后，我们特地结伴到大堤上参观，只见一道从未见过的宽大的长堤气势恢宏地伸向远方，将宽阔的洞庭湖湖滩隔开。堤内不远处，新挖了一条条长而宽的水渠。水渠旁是一排排新修的民房。房子一律红砖红瓦，比我们居住的泥砖青瓦的老屋不知气派多少。后来，堤内就称中洲垸了；后来，垸里迁入了上万铁山库区移民；后来，垸里长出了一大片长势茂盛的棉花、稻谷、油菜……垸里的居民就这样成了我们羡慕的垸民。和中洲大堤一样，岳阳在同一时间修成的垸还有古港、杨柳、四星、星河、大毛家湖、六合……

垸的兴起意味着汉成了人的战利品，标志着人的胜利，也标志着垸的胜利。垸就这样吸引着人们的眼球，垸民就这样开启了全新的生活。湖这时出奇地平静，平静得好像与它毫无关系。垸和湖就这样保持着一段相安无事又回味无穷的平静。湖在垸外，托举着货船，为垸里人带来各种各样的物资，带来取之不尽的渔业资源。垸则成为新增人口的乐土，从贫瘠的山里、从缺水、从缺田少地的岸边迁过来的人们发现，垸，几乎是一块神话中的土地，庄稼也好，家畜、家禽也好，果木也好，一个劲地长。尤其是庄稼，施不施肥长势都比垸外的好；尤其是鱼，新挖的鱼池，放同一等级的鱼苗，放同样的鱼食，垸里的鱼总比垸外长得快。垸成为垸民的依靠，一种从未感觉过的坚实的依靠。垸也成了湖的好伙伴，无论是风，无论是雨，总是和湖连在一起，见证湖的起落、享受湖的恩赐。

我是在 1998 年的 7 月真正了解湖和垸的。1998 年 7 月的南方是雨的世界。湘、资、沅、澧、长江、洞庭湖流域全覆盖在密密的雨帘中。洞庭湖的水位噌噌地涨，淹没了坑坑洼洼的湖床、淹没了所有的滩头，终于碰撞着冲向两岸的湖堤。但湖在那一刹那不痛快了，湖发现，原来可以伸展身体的湖汊都被一道道长堤切断，湖失去了伸展、休整的空间，湖怒了，激起的洪峰如山塬般冲撞而来，最先倒在洪峰冲击下的是那些新修的堤，那些凭肩挑手提匆匆忙忙地修成的堤，在愤怒的滔滔洪水面前不堪一击，洪水轻松地破堤而过……

垸溃了。所有赞叹过垸内长势喜人的庄稼的人在此刻感到的是一种无法言喻的苦楚。此刻，四野茫茫，波浪中，几根电线杆和几片屋顶时隐时现。仅存的堤身上，无家可归的灾民蜷缩在简陋的帐篷里，一个个蓬头垢面、忧形于色，有的则呜咽流泪。一双双痛苦的、失神的眼死死地盯着自己为之奋斗了大半辈子的家园。

经过一个夏天肆意的蹂躏，湖水终于退走了，湖带走了一切，房屋、庄稼、蔬菜、牲畜、鱼虾……垸民多年从湖中得到的一切，一个夏季，就完整无缺地甚至加倍地还给了湖。湖带着胜利的满足退了，连同垸里的一切，都神秘地消失了。湖带走了垸的辉煌，也带走了垸民那战天斗地的意志。断壁残垣中，有人在翻捡着没有被洪水带走的东西，有人在彷徨沉思，有人在秋风中哭泣，人们真切地感到了大自然无可比拟的力量，真切地感受到了在湖的面前，垸如一片秋风中的黄叶，丝毫无法左右自身的命运。

　　有人为垸民的命运作出决断了，同样是 1998 年，一纸来自北京的通知结束了湖区人民在留和撤上无休止的争论。通知的语气完全是湖的语气，说出了湖压抑多年的心语。通知要求：平垸行洪、退田还湖！垸是湖的，只有还给湖才公平。

　　垸民一步三回首地离开了垸。这标志着湖的胜利，也标志着一种回归，一种人和自然关系的回归。

　　而没有回归的只有我自己。因为自始至终见证过 1998 年那场世纪洪水，直到现在，依然有洪波在某一个风雨大作的夜里闯进我的梦里，把那个漫长的夜浸透。

约定

父亲和老七有过约定，每年到老七的船上做几天缝纫活。父亲每年都坚守这个约定。无论多忙，一年中，总要抽出那么几天上船。在老七宽敞、整洁的船舱里，父亲的上海牌缝纫机有节奏地"嗒嗒"地响。缝纫机旁边的木案上，堆满了老七一家老小长长短短、厚薄不一的四季衣服。这时，我则在船上悠闲地自娱自乐。从船头爬到船尾，从船舱上小小的窗口看渔船缓缓消失在地平线，看湖鸟一群群地掠过水面，感受湖风有韵律地摇撼着船身。这份记忆一直刻在脑海中，每一次回忆都能给我一种特别的温暖。这种感觉是一个长年生活在岸上的人难以感受到的。

那时，在乡里人的眼中，老七是发达了的一类人。老七有两条船，一条座船、一条行船。座船是老七的家，长年停在一处湖湾里。座船精致、宽敞，油漆一新，窗明几净。老七一家六口住在里面正合适。座船上有动力，可长途航行。行船是老七工作的主要工具。行船用一叶扁舟来形容正合适。行船上没有动力，也没有帆，只有两幅船桨。每天，天刚微明，老七就操起两支船桨，划开层层湖波，去赴东洞庭之约。

老七与湖是有默契的。老七在船上出生，生下来就属于这座湖。老七对湖的熟悉程度超过对他自己。在老七的眼中，湖不只是一片汪洋的水，湖洲上的芦苇，湖滩上的草，湖水中的鱼，湖面上的风、鸟、船，湖泥中的河蚌、莲藕、贝都是湖不可或缺的一部分。老七闭着眼睛都能把小船划到他想去的任何地方。他知道这座湖中，何处可以弯船，何处可以下网，何处可以垂钓，何处可以挖藕，何处可以放牧。他对这座湖的性格了如指掌，他知道何时有风，何时有雨，何时有汛。凭着这些，老七如同一群群湖鸟一样快活地享用着这座湖。

老七和湖是有约定的。老七捕鱼一般只用丝网和撒网两种工具。丝网只在湖湾用，撒网则追着鱼群跑。无论是丝网还是撒网，老七都严格遵守渔民代代相传的规矩，网眼不密不疏，下网的次数不多不少。老七捕鱼从不用动力船。动力一响，百米以内的鱼望风而逃，撒网下去，网网都是空的。老七每天的捕捞量基本相同，只在退水时加点码，以防冰天雪地不能下湖时度荒。老七每天的工作就是这样，下湖、捕捞、将渔获交给鱼贩出售。交出渔获后的老七最轻松也最惬意，座船上，老七的老婆端出一大钵鱼，一家人聚在一起分享老七的收成。老七则一口一口地品着陈年的老白干，欣赏着湖面飞过来飞过去的湖鸟的舞姿。

老七这种闲适生活的改变始于父亲的毁约。不知从哪一年起，父亲不再到老七的座船上做缝纫。父亲那台老式的上海牌缝纫机再也无法缝制出大家喜爱的新式服装时，父亲结束了他的缝纫生涯。父亲花几天都难以完成的衣服，老七的老婆花半天就能从成衣市场买到。不知不觉间，工业的触角开始延伸到了这片宁静的湖面，以难以想象的节奏影响着渔民的生活。

老七闲适生活的改变还始于老七座船的变换。不知哪一年，老七卖掉了用作生活起居的座船，买来一只巨大的货船。货船吨位之大、动力之强超出了一辈子生活在湖上的老渔民的想象。有了货船，老七再也无法自主地安排一天的工作了。拉什么货？拉到哪里？几天航程？通通由不得老七。老七最怕远航，最怕住进那钢筋水泥的城市。那儿，闻不到湖的气息，吃不到新鲜的湖鱼，看不到湛蓝的天空，老七的日子渐渐变得沉重而干涩。老七的儿子则继承了老七捕鱼的家业，不过他使用的工具变成了专门的捕捞船。他们不再单独捕鱼，而是几条船结成一个捕捞队，一字排开，拖着特制的渔网破浪而行。他们一网的收获，是一个划着小船，靠丝网、撒网维持生计的老渔民做梦都想不到的。

家底越来越厚实的老七却总有一种莫名的失落。这种失落是从对这座湖的感觉开始的。尽管天天浮在湖上，但老七感到这座熟悉的湖和自己越来越疏远了。湖风变了味，那种深深地吸一口就能让老七精神百倍的湖风，这时要么绵软无力，要么烦躁不安。湖面的水鸟不见了，除了远道而来过冬的候鸟，平常追着小船盘旋的鸟儿不知飞到了哪里。更让老七惶惑不安的是，重型机械把经过千年、万年的沉积形成的湖床挖得千疮百孔，破坏了鱼儿休憩、繁育的基地，很多常见的鱼类再也难寻踪迹了。

没来得及安抚心中的那份别扭，老七突然感到自己衰老了。衰老得再也把不住船舵，看不清航标。衰老得记不住现在的住址，一出门，就不自觉地往多年前弯船的湖湾跑。在老七的心中，那湾里还有他心爱的船、品不够的酒和离不开的家。但老七失望了，那个多年前船挨船、户连户，炊烟四起的湖湾，已一片沉寂，静得令人惮于接近。

老迈的老七离开了湖，是永远地离开。老七想不明白，是自己抛弃了湖，还是湖抛弃了自己。但老七知道，他死后，他的魂灵仍然将漂泊在湖里，继续那个生下来就签订了的生死之约。

春藜

春江水暖鸭先知。

湖滩上看不到鸭子，最先感知春天温暖的是牛。迈着方步的牛是春天里湖滩上的标志性景物。低着头的牛不紧不慢地走，看似漫不经心，但湖滩上所有鲜嫩的绿色都逃不过它的眼睛。这些鲜嫩的绿色是湖滩对牛最慷慨的馈赠。在洪水没来之前，湖滩是牛的势力范围。无论是精灵古怪的水鸟还是在湖心蹦蹦跳跳的鱼，都不可能控制这片湖滩，只有牛是例外。在湖滩上，旁若无人的牛，只对一种植物敬而远之，那就是藜，牛从来没有想过将藜纳入自己的势力范围，不是藜的力气比牛大，是藜身上的辛辣之气让牛敬而远之。

藜是湖滩上最卑微的植物，但也是湖滩上长势最旺盛的植物。藜就是藜蒿，当地人称藜蒿为藜时，有严格的时间限制。所谓"正月藜，二月蒿，三月、四月当柴烧"。藜是藜蒿正月的专用名。在湖滩上，藜是很独特的植物，和任何植物都格格不入，原因还是它的气味，这种气味牛不喜欢，鱼不喜欢，连草也不喜欢，藜长势旺的地方，那里的草总是奄奄一息。因为性格的格格不入，藜只有卑微地寂寞地生长。藜的生长周期有限，洪水一来，它的生长就会受到限制甚至停止。所以它没有太多自疚的时间，它生活的全部就是为了多长一点，强壮起来，以强壮来对付漫长的汛期。

藜的这种禀性让牛记忆深刻，也让湖滩记忆深刻。湖滩是有记忆的。湖滩通过湖堤上的水线来记载历史。水线一年高，一年低，有时持平，水线年年叠加，但总是脉络清晰。一条水线，记录的是一年的风浪。风浪有差别，有时平和，有时汹涌。风浪一年一年叠加，就是湖的历史。在正史中，记载藜的地方不多。但在野史中，藜却有一段悲壮的史，让藜的卑微充满了血色的豪迈。

时间回放八百年，一群人走进了这片湖滩。这是一群走投无路的人，一群基本的生存条件都无法得到保障的人。他们的命运不如湖滩上的藜。一株藜只要给他一块湖泥和生长需要的水分，它就能蓬勃地生长。一个人也是如此，只要给他一块土地和耕种这块土地需要的时间，他就能扎下根，一代代地生存下去。但他们没有，不仅没有土地，也没有维持生命必需的可自由支配的时间。土地是人家的，时间也是人家的，他们只有无止境为他人劳动，劳动所得无法满足自己最基本的生存要求，他们和家人随时可能因饥饿而死。他们只有选择逃离，逃离那块不属于他们的土地，他们在湖滩的一片芦苇丛中停下来。没有住房，他们就用芦苇扎成营帐；没有粮食，他们就采藜蒿、挖芦笋、捕鱼充饥。

一个晚上，柔柔的湖风中，他们点燃一堆芦苇，冲天而起的火焰驱除的不仅是早春的寒冷，还有心底一层层渔网般纠结的雾霭。一头牛成了那个晚上的牺牲，牛头挂在高高的竹竿上，牛肉成为农夫们的碗中的主食，牛血则如泼墨山水一般将湖滩涂得一片殷红。"等贵贱、均贫富！"一声惊雷般的怒吼刺破夜色。怒吼的是一位叫钟相的农夫，一位如藜蒿一般卑微的农夫。没有那声怒吼，他将和湖滩上的藜蒿一样自生自灭，没有人知道他的前世今生。但他注定成为这片湖滩的中心，这片湖滩从来没有过中心，牛不是，藜蒿不是，但那个晚上，钟相是。他是当之无愧的中心，他的吼叫，如一把锋利的匕首，切开了农夫们郁积了千年的憋屈，让他们自卑的脆弱的内心陡然强大起来，强大到敢于和一头湖滩上的牛搏斗，他们从来没有这么酣畅过，也从来没有这样辉煌过，因为他们挑战的不仅仅是自我，而是一部厚厚的历史。

通往湖外的路和湖滩的路一样，有无数水泊、沼泽、陷阱……吃过牛肉几十天后，钟相被杀。杨泗，一个和钟相一样卑微的农夫继起。杨泗迅速控制了这片湖滩。杨泗控制这片湖滩凭的不是他的气力，而是他的承诺，他的承诺很简单，简单到每一个农夫都明白。他承诺，养猪的人有猪肉吃，种田的人有粮食吃。他承诺，这片湖滩和湖中的一切，不属官、不属绅，而属民，属于每一个湖滩旁的劳作者。这样的承诺能让一座湖沸腾起来，沉寂的湖滩热闹起来，湖滩上，向可能的方向延伸出一条条新路，这些路通向远方，通向可以实现杨泗承诺的远方。

杨泗做梦都想领着这一群衣食无着的兄弟冲出这片湖滩，但岳飞来了，通往湖外的路被一条条封闭。读书出身的岳飞，是草根的杨泗不能比的，在正史家的史笔下，杨泗的身上有太多的污点，而岳飞的身上则有太多的光环，他最大的光环不是他的吼声，是他背上的文身：精忠报国。古代史上，最激进的反叛者和最忠诚的卫道者的冲突在这片湖滩展开，血腥搏杀的结局和史书上的描写完全相同，杨泗被杀。他的兄弟、他的后人、他兄弟的后人和湖滩上的藜蒿一样，被一波继一波的湖水淹没，除了正史和野史中无休无止的争吵，这片湖滩，再也听不到反叛者和卫道者的声息。

八百年后，这片湖滩却热闹起来。热闹的原因不是因为牛，也不是因为鸟和鱼，热闹仅仅缘于人们一个偶然的发现。早就远离了饥饿，远离了寒冷的人们发现，正月的藜和腊肉能炒出一种独特的味道，人们继而发现，藜的保健价值远远超过它的食用价值。这种价值让藜由一种卑微的湖草成了奇珍。于是，正月的湖滩不再沉寂，这片湖滩也不再是牛的势力范围。它属于来自远方的陌生人，他们开着车，一直开进湖滩，开到藜扎堆生长的洲滩，一株株气味独特的藜离开了肥沃的湖滩，被人小心翼翼地放进汽车的后备厢里，朝着钟相和杨泗没有到过的远方奔去。

八百年后，湖滩周边的人已记不起岳飞了，但杨泗还在人们的心里。距湖滩不到五公里的杨源村，新修了一座庙，庙名就叫杨泗将军庙。一个斗士，在轰轰烈烈中生，又在轰轰烈烈中死。他死后，这片湖滩相伴卑微和屈辱，沉寂了数百年。而八百年后，他的名字却被人供上了祭坛。在这里，他的卑微成了高贵，他的失落成了辉煌，他的平凡成了不朽。这是杨泗没有想到的，是湖滩没有想到的，更是藜没有想到的。

第二辑　一条江的喊

一条江的喊

　　开始只是一片云，没有江。这片云没有目的地在楚地的上空徘徊，天空离它很远，大地也离它很远。风来了，它化进风里；雨来了，它融入雨里。它是那样自由、那样快意。但它还没有自由够，还没有快意够，冷空气来了，冷空气中的水汽和它死死缠结在一起，它的身子越来越沉，越来越重，重到再不能浮在天与地之间，它落下来，落到梨树塆，落进一潭水里，它成了这潭水中的一分子。一条鱼靠近了它，它又成了这条鱼的一分子，鱼带着它游来游去，游过修水、游过龙门、游过平江，到了汨罗，它游过的行迹，就是这条江。

　　汨罗七十八潭，最大的潭是河泊潭。到河泊潭时，鱼累了，它在潭边休憩。看天、看云、看水中的倒影，也听岸上的人唱歌，唱"蒹葭苍苍，白露为霜"，唱"溯洄从之，道阻且长"。看得心旷神怡、听得如痴如醉时，它感到头顶的天空一暗，一张大网落下来，落到鱼的头上，鱼成了渔夫的收获。成为渔夫收获的鱼没有了游的自由，也没有了看和听的自由，它的命运掌握在渔夫的手里。对收获的鱼，渔夫则有煮、烤和腌的自由。他没有煮，也没有腌，他把这条鱼直接放到了烤架上。很快，鱼成了渔民的腹中食，而那滴水，脱离了鱼，再次飘起来，飘到天空，融入了汩罗江上的一片云。它在汩罗江上飘来飘去，没有想过离开，它在看，看一江滔滔奔涌的水、看人来人往、看船来船往、看世纪的沧桑变幻；它在听，听春意、听秋声、听大雁高歌、听渔歌互答……

一

那天，它听到一首从来没有听到过的歌。歌声没有忧"白露为霜"，没有叹"道阻且长"，也没有怅"宛在水中央"，确切地说，他不是在唱，而是在喊，是来自胸中最深沉的喊。

"长太息以掩涕兮，哀民生之多艰。"喊声中有悲怆、有无奈、有热望。喊声一起，渔夫停止了捕鱼，农夫停止了耕作，行人停止了匆匆的步履。这是他们从未听过的喊声，他们从来没有想过，在他们的生活中，除了捕鱼、除了耕作、除了匆匆地奔走，除了兵役、徭役和赋税，还能拥有什么。

他们属于贫贱者，一生下来就是。贫是相对于富而言的，贱是相对于贵而言的。相对于贫贱者，富贵者高居于他们的头顶，像天空中的云一样缥缈，像祭坛的神一样威严。相对于富贵者，贫贱者是他们享受富贵的资本，贫贱者的数量是代表富或贵的一个标志，他们像土地、货币一样，在富者或贵者间交换、划拨、继承甚至买卖。贫贱者没有资本，他们最大的资本是忍受，忍受贫、忍受贱、忍受奴役、忍受那根滴血的鞭子。忍受到不能忍受的那天，他们可以选择解脱，解脱的唯一途径是死亡。在死亡中解脱，也在死亡中传承，他们将忍受的资本传承到他们的下一代。

一代又一代，他们习惯了这样的生活，习惯了日出而作，日落而息；习惯了被征、服役、缴税；习惯了受冻、挨饿、被鞭打，也习惯了无果腹之食，无蔽体之衣，无安居之屋……而一句悲怆的喊，让他们骤然置身于一片复杂的情感空间。他们没想到，有一天，他们也会入诗，会成为吟唱的主体，会引起贵族的忧。

云知道，吟唱的人不是一个贫贱者。这从他的峨冠博带和宽袍大袖可以看出。

他是一个贵族，一个叫屈原的贵族。而现在，他是一个流浪者，准确地说，他是一个被流放者。他的流放地就是汨罗。有谁是从小康人家坠入困顿的吗？屈原就是。只不过，他的困顿不是生计，而是他的命运。

他曾是幸运的。他有贵族的血统，一生下来就有一片特别的天空，为他遮风挡雨。他的幸运不仅是他的贵族血统，还在他具备大多数贵族没有的才华。他像夜空中那些最亮的星，散发着炫目的光，他的崛起是注定的。那是一个"礼崩乐坏"、物质至上的时代，君主念念不忘的是他的国土、人口和财富，贵族念念不忘的是他的封地、隶农和财富。凭借他的身份、他的才华，屈原完全可以获得他想得到的封地、隶农和财富，在广袤的楚地幸福地活着。

不幸的是，屈原不是一个物质主义者，在贵族分享的楚国，他是一个逆行者。确切地说，他是一个理想主义者，他想的不是物质的多寡，而是强国富民。经过艰难的努力，有一天，他面前的路豁然开朗，他像一个黑暗中的夜行者，突然看到了远处闪烁的灯塔，他得到了楚王的赏识，进入了权力的中心。这时，他关心的不是他的封地、隶农和财富，而是他的理想。他开始主持变法。他有太多的计划，完全有信心让楚国这艘老旧而残破的巨轮开启新的航程。他的主张，变成刻刀下的文字，装满几辆大车，驶进了楚王的宫殿。他确信，如果这些文字变成法令，楚国将会迎来新的变化。但他失望了，那几辆大车再也没有驶出王室。他的抱负赢来的不是关注，而是嫉妒。

他的不幸和他硬朗的性格有关。他不知道，一个贵族享受他的资本必须有一种特别的本领，那就是能忍。他必须能够忍受守旧、忍受愚昧、忍受荒淫、忍受盲目的自大和膨胀。换言之，他必须做一个没有性格的人。而他不能忍受。他不能忍受国家的沉沦，不能忍受民生的涂炭，不能忍受盲目和短视。他像一株高大的孤单的乔木，在旷野苦苦地抵挡着狂风骤雨。

他最大的不幸是他置身于楚国——一个不可理喻的国度。在这个国度里，凡是振作的声音，必定会迎来嘈杂的反对；凡是革新的主张，必定会遭到恶毒的群攻。屈原哀叹说："举世皆浊我独清，众人皆醉我独醒。"他在这种浑浊的旋涡中抗争，他的崛起史就是他的抗争史。他抗争的方式是批判，不仅批权贵，还批君主。他的醒悟、抗争和批判，加速了他命运的改变，他迅速从一个冉冉升起的政治新星陷入没落，他的建议被主政者搁置，他本人被当权者构陷、排挤，最终被流放。

流放地没有楼阁、没有仆役、没有烧着炭火的议事厅，只有一块敞开的天空、一片荒凉的丘岗和一座破败的庙。他曾是那个时代的夜空炫目的星，现在，他只能躺在破败的庙里仰望星空。他几乎一无所有了。他最富裕的是时间。除了吃和睡，他一直在流放。他在凤凰山凭吊、问天，在玉笥山寻找、览胜，在汨水间流连、唱和。他没有想到的是，他心中压抑的火焰在流放中迸发出惊人的光芒，那是诗歌的光芒。

那是一个诗歌的时代，无论是街巷、山野还是舞榭歌台，都能听到诗，那是《诗经》中的诗。那是一个吟唱的时代，嬉笑怒骂情爱，都能从吟唱中得到宣泄。这种讲究平和，讲究不"伤"的诗，给人们注入了无尽的精神滋养。

迎着《诗经》的韵律，屈原举起了他锋利的刻刀。他的刀下没有《诗经》推崇的讲究，和他的为人一样，他的诗同样有强烈的个性。他写的是他自己的理想、遭遇、痛苦、爱憎。他在他的诗中率性任情地讴歌真善美，淋漓尽致地鞭挞假丑恶，他从不吝惜对烈士的推崇、对神灵的赞美，但他吝惜对安享尊荣的贵族的颂扬，对他们，他只有嘲讽和冷漠。他对浑浊的庙堂、妒贤的贵族、无能的君主从不吝惜像投枪和匕首般尖锐的文字。相对于当时的权贵，他独特的诗和他特立独行的人一样，是那样的不可理喻，但相对于后世文人，他硬朗的个性，是山一样伟岸的存在。

孤独的流放岁月，诗成了他唯一的精神寄托，是他宣泄情感的载体，也是他抒发胸襟的载体，还是他思考的载体。他创作的题材极为丰富，在他的眼里，耸立的山、奔腾的浪、神秘的神都可入诗，他赋予草木、鱼虫、鸟兽、云霓等种种自然界的事物以人的意志和生命。他写了大量的诗，他的《离骚》《天问》《九歌》，像一股扑面而来的清风，迅速在街巷间、在山野间传唱。

诗人屈原，是一个文学时代的标志，一个个人独唱的时代的标志。作为一个诗人，这已可不朽了。如果屈原的生命轨迹中只有《离骚》，只有《天问》，只有《九歌》，他应该是快乐而幸福的。但他注定和幸福无缘。他的生命中，有比诗更重要的东西。流放的日子，和他相伴的只有樵夫、渔父和农夫，他和这些贵族们不屑闻、不屑问的群体建立了深厚的感情，他和他们同吃同住同行，一点点融入他们的生活，融入他们的群体，他以诗人的敏感、政治家的敏锐透彻地理解了民生，理解了隐藏在民众间的力量。他知道民生于国之重、民众于国之重。他知道，一个民生凋敝、民心离散的国，终将被民众所弃，终将被历史的车轮碾压，化为泥尘。他坚定地站在民众一边，他不遗余力地为民而呼、为民而喊。汨水奔流，江风呼啸，他的喊消融在水里、在风里……他成了汨罗江边一道独特的风景，一道和山、水，和樵夫、农夫、渔父水乳交融的景。

"路漫漫其修远兮，吾将上下而求索。"他从未有过放弃念头。流放的日子，他一直在痴痴地为民而忧，痴痴地为国而寻，从秋到冬，从冬到夏，一直到那年的五月。

那年五月，一江的水格外湍急，一岸的艾格外葱郁，一山的杜鹃鸟格外地躁动。

那年的五月，一个信息传到汨水，楚国的象征，都城郢在秦人的铁蹄下沦陷。屈辱像长藤一样爬满屈原的心空，他心中的楚国轰然坍塌了。他梦寐以求的复起的机会、振作的希望像流水一样消失了。他可以失去一切物质财富，但他不能失去复起为国效力的希望。失去了希望，他的为民之喊、为国之忧还有什么意义呢？此时，他只剩下了哀伤和愤恨。他漫无目的地在汨江之畔踉跄而行。智慧的渔父看出了他的沮丧，再次以"沧浪之水"开导，劝他因时应变。他拒绝了。他是一个斗士、一个志行高洁的斗士，他的生命在于斗争，和世俗斗，和成法斗，和权贵斗，也和命运斗。命运只给了他斗争的意志，却没有给他退缩的空间。他还是一个文人、一个志行高洁的文人。一个志行高洁的文人的信仰里只有斗争，他不能容忍一丁点的退缩和忍让。

那个五月的天空就这样暗淡了，他义无反顾地跃入了汨水。在他的心中，养育了两岸民众的汨水是纯净的，没有世俗的黑暗和蝇营狗苟，是他最后的也是唯一的选择，他的纵身一跳，在河泊潭写下了他一生中惊天动地的一笔，他所有的痴情、所有的决绝，都融入了这千古一跳中。

那一瞬间，汨水为之汹涌、为之壮阔……

二

河泊潭，见证了一个顶天立地的汉子与这个世界的告别，见证了一个斗士完美的谢幕。

那片在汨水上空飘荡的云目睹了一个斗士向腐朽发起的最惨烈的一击……时间在那一瞬间静止，江在奔腾、风在呼啸、林在鸣咽……林中的樵夫、江中的渔父、田垄中的农夫为之而叹、而泣……

汨罗江从此洗不尽不绝的忧伤。汨罗江没有想到，屈原的一跳，跳出了一个风雨交加的五月，五月的艾叶，和着连绵不断的雨，和着层层叠叠的棕叶，和着《离骚》，和着《天问》，和着《九歌》，一遍遍缅怀那个壮烈的英雄，让英雄的故事在楚国、在华夏的上空萦绕……

追着忧伤包裹的五月，贾谊来了。贾谊来时，汨水已流至汉代。那时，除了汨水滔滔，还在不断地流传着屈原带着楚音的悲情的喊，楚国宗庙已在时光之河湮没，化为了田垄或荒丘。写过《过秦论》的贾谊是一个政治新星。他年轻的生命因为卓越的才华而光芒四射。他在他的《过秦论》中悲怆地喊："一夫作难而七庙隳，身死人手，为天下笑者，何也？仁义不施而攻守之势异也。"这声喊如洪钟、如大鼓，在有识之士的胸中震荡。

他来汨水是因为被贬。和屈原一样，他同样是一个孤独的人，一个不容于权贵的人。那年，他背负简单的行囊，来到了汨水。站在汨水之滨，在呜咽的江风中，他喃喃低语，和伟岸的屈原对话。

那是一个鸾鸟凤凰躲避流窜，猫头鹰却在高空翱翔的时代；一个权贵纵情享乐，而不顾民生凋敝、民心离散的时代；一个有风骨的文人和一个有良知的政治家，最后的归宿却是一江滔滔不息的水的时代。他感慨万千、泪流满面。

"已矣哉！国无人兮，莫我知也。"贾谊叹息着离开了汨水，去湿热无比的长沙履职。但他留下了《吊屈原赋》，他是第一个为屈原作赋的人。不久，贾谊，一个孤独的行者、一个孤独的文人、一个亲民的政治新星，在抑郁中死去。

贾谊死后数十年，司马迁来了。读过《离骚》《天问》的司马迁，同样是一个孤独的人。他是一个史官、一个可以直接上书皇帝的史官。他的被贬是因为他的上书。他因上书中的直言获罪。不仅夺官，还被施腐刑。那是一个强权的时代，但不是一个可以放言的时代。忧郁中，他离开了帝京，去"网罗天下放失旧闻"。去长沙途中，他到了汨水，到了河泊潭，他一边读贾谊的《吊屈原赋》，一边泪流满面地吟诵《离骚》中的名句。这个以"稽其成败兴坏之纪"为己任的史学大家，这个忍受腐刑大辱舍身修史的硬朗文人，毫不犹豫地把屈原和贾谊录入了《史记》。"其志洁，其行廉。""推此志也，虽与日月争光可也。"同为天涯沦落人，他认为屈原的千古一跳重于泰山。司马迁的千秋之评，让屈原的一生昭示于煌煌史册，也奠定了屈原之志的历史地位，让汨水更加浑厚、更加沉抑。

汨水不息地流淌，不息地收藏，它收藏细流、收藏眼泪，也收藏一声声高亢的呐喊，它的体量越来越大，它的流速越来越快，它奔腾着、高喊着，冲过险滩、汇入洞庭，在这座大泽间激荡。

这时，目睹了数百年沧桑之变的云累了，它停止了飘荡，它化为一粒水，随波涌入洞庭。它没有白来，它看到，这一脉相传的水，这一脉相传的风骨，在洞庭之畔凝集。

杜甫来了，他登上了岳阳楼。平生总想"致君尧舜上，再使风俗淳"的杜甫，在岳阳楼上极目远望，他看到的不是帆影、不是轻舟、不是江畔郁郁青青的名花奇草，他看到的是兵戈、是荒芜，听到的是马嘶、是民哭。命运多舛的杜甫，大半生在流离中；爱饮酒的杜甫，长时间处于新停浊酒杯的窘境。他是这样微末，但他又是这样心忧。他忧国，远望戎马关山北，凭轩涕泗流；他忧民，长愿"安得广厦千万间，大庇天下寒士俱欢颜"。他官运不达，一生只做过几任左拾遗、工部员外郎之类不大不小的官，这种品级的官影响有限，无法"致君尧舜上"，也无力"再使风俗淳"，但他有一支笔，民间疾苦、世事沧桑，一一化为他的笔底波澜。他为这个世界留下了"三吏""三别"这样震撼古今的不朽史诗。因为他的诗歌成就，他被后人尊之为诗圣。但诗歌上的成就没有改变他的困窘，他一直在喘息中奔波。他最终死在船上，死时，已挨饿十多天。他是真正的屋无片瓦、地无半垄、食无余粮。汨水边的平江县境里，至今仍然完好地保存着他的墓园，他为民而呼的精神，长久地在汨水流淌。

汨水奔流，不舍昼夜。那片化为水滴的云看到，洞庭湖畔的岳阳楼烧了又修，修了又烧。那年，滕子京来了，他在岳阳兴利、除弊、厚恤民生，短短的一年，即政通人和。这时，他决定募重金重修岳阳楼，楼成，他函请同年范仲淹写了篇记，这就是名传千古的《岳阳楼记》。范仲淹没有登过岳阳楼，但他读过《离骚》《吊屈原赋》《史记》，也读过"三吏""三别"。读过这些，一座楼的形象就在范仲淹心中建起来了。他建立的是一座精神的楼，登斯楼也，四面湖山归眼底，万家忧乐到心头。他进亦忧，退亦忧：居庙堂之高，则忧其君；处江湖之远，则忧其民。是所谓

"先天下之忧而忧，后天下之乐而乐"。他为千古读书人建立了一个新的精神坐标。不仅如此，没有到过岳阳的范仲淹，还用自己一生的节操，在洞庭之滨建立了一座气节的楼，他生时，正色立德、立功、立言；死时，田园未立，居无定所……他的节操，因为他的文字走近岳阳、走近三湘四水、走近华夏各族的村村寨寨。

……

三

　　所有的河水，滔滔，都向东
　　你的清波却反向而行
　　举世皆合流，唯你患了洁癖
　　众人皆酣睡，唯你独醒
　　……

　　那年的五月，一位诗人，从海峡的对面而来，面对千百面迎风飘飘的彩旗，面对一江整装待发的龙舟，面对两千三百年的沧桑风雨，大声读他新写的诗。他是余光中，一个瘦削而硬朗的文人。一个一手写诗一手写散文的人。他是一个爱国的文人，他说："乡愁是一湾浅浅的海峡，我在这头，大陆在那头"；他说："蓝墨水的上游是汨罗江"；他说："要做屈原和李白的传人"……

　　这个仿佛风吹得起的瘦削文人，把汨罗江提升到了诗文化之源的高度。

　　他对着江水喊、对着来自楚国的云喊："不，你已成江神，不再是水鬼，待救的是岸上沦落的我们！"

　　我们的汨罗江呢？屈原之后，贾谊来了，贾谊之后，司马迁来了，杜甫来了，范仲淹来了……那片云可以作证，这条江从来没有寂静过："伤心秦汉经行处，宫阙万间都做了土。兴，百姓苦；亡，百姓苦。"它活跃在元曲里；"粉骨碎身浑不怕，要留清白在人间"，它活跃在明史里；"寸寸山河寸寸金，瓜离分裂力谁任"，它活跃在清诗里；"横眉冷对千夫指，俯首甘为孺子牛"，它活跃在民国的白色恐怖里。

……

它由一片云、一滴水、一脉涓涓细流，最终汇成大泽洪波。

它从两千三百年前流来，它一边流一边融会，一边流一边呐喊，开始只是一个放逐者的喊，后来就凝聚成一个群体的铮铮誓言、一个民族的风骨与担当……

今天，我站在了汨罗江岸边，倾听相隔着深邃时空的呐喊，隔着涛音、隔着江风、隔着一代代震天的号子，我已无法清晰地辨别屈子独特的楚音。我只依稀看见，一个长发飘飘的渺渺背影，仍然在江边踽踽独行。我只想喊一声：回一回头吧，挥一挥手，在浪间等一等我们！

秋菊

"菊，花之隐逸者也。"

菊花是顶着浓霜开放的。深秋时节，霜落花谢，赤橙黄绿青蓝紫几乎一扫而尽。这时的原野已是一片萧瑟。没有你方开罢我登场的竞艳场景，空荡荡的原野有一种难以形容的荒凉。但是这时，菊花开了。起初，它只是星星点点，在田垄间闪耀。后来，还是星星点点，不过范围大多了，山边、田垄、屋侧、路旁，都能看到它嫩嫩的花蕊，让人在凛冽的秋风中感受到一丝难得的暖意，分外的养眼。

菊花的这种远避群芳、凌寒独秀的隐，深为陶渊明所爱。

一句"采菊东篱下，悠然见南山"，即把陶渊明对菊的挚爱之深表露无遗。这句诗是陶渊明的名作《饮酒》中的名句。但无论如何，我都难以将采菊和饮酒联系起来。饮酒的场面见得极多，有高声大叫狂欢的，有陶然自得品味的，有郁郁寡欢消愁的，但极少见到悠然见南山的那种淡远之情。这种神情，我确信从未经历过，我确信置身在这种情景中的人，会暂时忘记身在何处，忘记正在做的事，忘记所有的悲欢忧乐。

采菊而忘菊，饮酒而忘酒，这种悠然之情经常在陶渊明的诗句中显现。

陶诗读得多了，年龄大了，慢慢地，我开始懂了，陶渊明爱菊和爱酒是有关联的。

种菊当然要种在田园。菊是田园的代名词。陶渊明是田园诗派的开山鼻祖。田园是相对于闹市而言的，当然也是相对于官场而言的。陶渊明出生时身份是庶族，庶族是相对士族而言的。如果是生为士族，虽不能高官厚禄，也必可衣食无忧。而庶族则是地地道道的平民，不做贩夫走卒，只能终老田园，只能老死在无休止的田园劳作中。这种劳作是不能养家糊口的，陶渊明自己也说"耕植不足以自给"，生活困苦不堪。

陶渊明不是一个自甘平庸的人，他少时即有"猛志逸四海，骞翮思远翥"的大志，所以他不能老死田园，他只能出来工作。但他发现，在森严的门阀制度下，一个庶族出身的人，无论他的诗文好不好，无论他才能高低，他都极难凭自己的真才实学跃居高位、一展抱负。他的最佳选择是低头，成为别人的附庸。这是陶渊明做不到的。他与生俱来的傲气决定他不能从俗，不能专心唱太平歌，不能媚逢上意。这就注定了他入仕的失败。他做过很多官职，或主簿或幕僚或参军或县令，都不是大官，俯仰由人，过得很憋屈。

陶渊明生在晋末，一个不折不扣的强权时代，统治者凭实力上位，又最怕人议论自己的非法性，所以要千方百计地控制言论，千方百计地维系自己的地位，对唱对台戏的，先是拉拢，拉拢不行就干脆杀掉。很多名士被杀，杀掉他们的理由五花八门，但乱写乱说，又不和当权者合作是主要原因。应该说，陶渊明的处境是很危险的。好在他虽不愿附庸强权，但也不爱评议时政，不爱抨击当朝大佬，他的诗也写得平和，写田园的居多，自己先表明一种态度，一种厌倦世俗的态度、一种洁身自好的态度、一种不屑与权贵争长短的态度。有这种态度的人，对当权者是没有威胁的。

这种心情，决定了他仕途的短暂。无论做什么工作，他都无法做得长久，他徘徊在官场和田园之间。最后只能黯然归去，回到田园，回到他的种菊之地。但陶渊明不能放弃心中的抱负，这种苦涩的不甘，在他的另一名作《桃花源记》中有突出的表现。桃花源是一个世外的园，里面的居民搞不清所处的朝代，他们是完全平等的，没有等级差别，没有强权势力。园里田地有的是，能种多少种多少，且风调雨顺、六畜兴旺，更重要的是还可酿酒，酿的酒完全能够满足需求。耕种之余，除了访友，除了写诗，就是举杯对月或对友畅饮，这是陶渊明最向往的生活，也是他最向往的社会。给苍生以这样一片田园，是他人生的终极追求目标，但是这样的目标是实现不了的，外人挤不进去，去过桃花源的人都迷路了，只能望源兴叹。

桃花源是一个理想的世界、一个纯粹的理想世界。但陶渊明并不是一个纯粹的理想主义者，他的田园居中，常出现种柳、种菊、种豆等场景。他写过"种豆南山下，草盛豆苗稀。晨兴理荒秽，戴月荷锄归"。他是真正热爱田园生活、热爱劳作者。他是一个有现实主义倾向的诗人。可悲的是，他面对的不是理想中的桃花源，也不是南山那块弹丸之地，他必须面对的，是一个迷惘的纷乱的世界。在这个世界生存，不能不做事，不能多做事；不能不说话，也不能多说话乱说话。归隐也不行，家太贫穷，归隐太久生活难以为继，还得出来做事。做事就要说话，要逢迎，要折腰……陶渊明一直痛苦地挣扎在这种矛盾中，避无可避，隐无可隐。他最后一次辞官，是因为不愿束带迎上官，不愿贿赂上官，不愿为五斗米折腰，尽管家无余粮，瓮无余酒，他还是挂冠而去。

这个时候，何以解忧呢，只有忘记，只有饮酒，饮到醉时，自然物我皆忘。所谓一醉解千愁。陶渊明酷爱饮酒，而且每饮必醉。其缘故在此。庆幸的是，他没有忘记写诗。无论是居官还是居田园，无论是有酒有肉还是米粮告罄，他都没有停止笔耕，他留下了大量的诗文。他的诗，如同原野上的菊，不独俏不争春，还不争夏，只在秋末寒浓时自顾自地开放。他的诗是原生态的，换句话说，他的诗不依附、不模仿任何流派，所有的句子，都从他宽广的心田流出，很平和、很朴实、很自然，但诗意如江河之浩瀚，含蕴无穷。他开创了一个时代、一个特色鲜明的诗歌时代、一个前无古人的时代。

"菊之爱，陶后鲜有闻。"每看到菊花盛开，我都要想起这句周元公的千秋之评，想起那个憋屈而无奈的时代。这时，我的眼前就会浮现一个人，一个阅尽沧桑而衣衫褴褛的长者，他正扶锄远望，他的身边是一丛丛怒放的菊，而他视野的尽处，是一朵朵悠然飘荡的云。我知道，那不是寻常的云，而是那位长者用以承载精神的工具，他的精神一直在寻找……

冬梅

赏花令人愉悦。但梅花是例外。在凛冽的寒风中冒雪赏梅，是需要勇气的。这时，几乎所有的赏梅者，心中的敬应该是远多于悦的。

梅花是最独特的花，最独特处是它斗士之气。一株梅花，面对的不仅是一场寒风、一场大雪，还有一个漫长的冬天。没有一股气是熬不到春天的。梅的这种精神，最为中华文明倡导，几乎可以升到民族气节的高度。

古诗文中，咏梅者众多。但我以为，状梅入骨者当首推王安石的《梅花》："墙角数枝梅，凌寒独自开。遥知不是雪，为有暗香来。"王安石是知梅的，寥寥数句，傲骨峥峥的梅跃然纸上，暗香阵阵，令人沉醉。如果我是梅，必引王安石为知己。

王安石是当得梅花的知己的。他和梅一样，是一个风格硬朗、不惧风霜的人。

王安石是北宋人。北宋抑武尊文，"满朝朱紫贵，尽是读书人"。读书人形成了很大的势力——士大夫阶层。这个阶层和历史上不学无术、靠门第吃饭的士族集团不同，这是一个精英组合的阶层，他们是经历过寒窗十年的磨砺又经过科举选拔的精英。他们中有绝大多数是做官的。做官当然是从小官做起，从最基层的九品小官一直做到当朝宰相，有人仅用十三年就做到了。文人做了大官，任用官员时，当然倾向文人，倾向自己了解、敬重的窗友或师长，久而久之，他们形成了一种力量——文官势力。文官势力是那个时代的中坚力量，可以左右朝局。文人中，还有一种势力，他们是更优秀的读书人。他们大多不做官，或是做一阵不做了，改为专做学问，研究儒家学说。这些人中，最有名的是程颢和程颐，后人称为"二程"，他们的学说就叫"二程理学"，他们的主张是"存天理、灭人欲"，这是专门针对个人修养提出的。他们讲学，不在朝堂，也不在闹市，而在书院或干脆就在自己的家里。讲学，当然有听的学生，学生中有读书的，也有做官的，还有做了官又辞官来读书的，久而久之，他们也形成了一股力量，这股力量不足以直接左右朝局，但可以左右舆情、影响朝局。

王安石就是这个时期的一名读书人。他是那个年代读书人中的佼佼者。他二十一岁中进士，取得了天下读书人梦寐以求的身份。他诗文俱佳。这个"佳"不是一般的好，他的诗自成一家，世称"王荆公体"，名列唐宋八大家。哲学上，他创立了"荆公新学"，促进宋代疑经变古学风的形成。他是一个被誉为"通儒"的人。

如果只带着这几样光环终老，王安石必然是那个时代的不二楷模。因为除了这些光环，他还有当时人物不具备的很多美德，譬如他清廉，翻遍史书，没有人说过他多吃多占；他耿介，对所有的逢迎者，他都是一副冷面孔，连包公敬的酒都不吃。最难得的是，他还是淡泊的人。淡泊到多次拒绝举荐，甘愿在地方做小官，这才是真正的难得。出将入相是读书人的人生终极目标，而当一步步接近这些目标时，作为一个读书人，他竟然拒绝了。一个这样的人，在讲理学的年代是会得到应有的尊重的。因为理学提倡君子不欺心，是就是是，非就是非，虚伪即大奸，真正的君子，是那个时代的人格标准，他会得到应该得到的一切。

一个成就如此高的人，他的内心应该是坦然的。言为心声，他的诗也应是平和的，应有君子的坦荡之气。但不知为什么，每读《梅花》，总有一种难以排遣的寒气从心中升起。这种寒冷的感受和王安石后半生的际遇有关。

四十九岁那年，王安石拜相。王安石得到了一个读书人能够得到的至高无上的荣耀。他没有刻意追求过这种荣耀，但历史最终选择了他。这是各方势力协调的结果，无论是士大夫阶层中当官的还是在野的，都看好他，因为他曾经是那样淡泊、那样清廉、那样卓异，他是丛林中一株高大的乔木。但这并不是历史对他的眷顾，他的个人声誉由此急转直下。

处在相位的王安石收起了做诗文、做学问的雅趣，他转而开始研究国计民生。这种研究早就开始了。二十多年基层官场迁转的特殊经历，他对这个庞大的国家有全面、透彻的了解——民弱、财困、武备松弛，这个崛起还不到一百年的国家已经全面衰退了。王安石看到了这一点，他的药方就是针对这些根深蒂固的弊病的。他的治国方略是变法，他的变法思想概言之是三不足："天变不足畏、祖法不足法、人言不足恤。"他期待他的变法能让这个外强中干的国家强大起来。他颁发了一系列法令，其中我们最熟悉是青苗法、方田均税法、保甲法。

他的法令让国家得到了实惠，短短的几年里，国家财政、军政、治安情况得到了全面好转。变法让大宋奏响了振兴的强音，驶向衰亡的国家巨轮开始掉转航向。变法的光芒在历史的上空辉映，让后来的识者为之沉醉。王安石的变法被列宁称为 11 世纪最伟大的改革。

他的法令如一块沉重的石头打破了朝野的平静。既得利益集团乱了阵脚。这个国家从来没有这么喧闹过。豪强地主、官僚集团、理学达人，一致将矛头指向了王安石。豪强地主说他"征利"，做官的说他"侵官"，讲理学的说他是"名教罪人"，他由声名远播的贤臣几成国家公敌。舆论是可以杀人的。如在魏晋，一旦带上名教罪人的帽子，这人离死亡就不会远了。面对汹涌的舆情，王安石就像寒风中的一株梅，凭一己之力抵挡一个时代。他肯定是苦涩的，但他坚强的内心、执拗的性格不允许他屈服。他像一个斗士一样沉着应对，他开始反击，他说："某则以为受命于人主，议法度而修之于朝廷，以授之于有司，不为侵官；举先王之政，以兴利除弊，不为生事；为天下理财，不为征利；辟邪说，难壬人，不为拒谏。至于怨诽之多，则固前知其如此也。"这就是负有盛名的《答司马谏议书》——一篇光芒四射、正气凛然的杰作，也是王安石坚定地推行变法的战斗檄文。

但遗憾的是，王安石虽然看透了国家的弊病，看透了怨诽者的浮躁，却没有看透社会的阴暗。一批无良的胥吏借变法之机上下其手，层层盘剥，变法成了贫苦农民痛苦的渊薮。变法失去了民众支持，就像是一片空中的絮，漂泊无定，不知所向。王安石可以反击一个时代，却无法反击来自最底层民众的声音。他迷惘了，在一个寒冷的夜晚，他写道："客思似杨柳，春风万千条。"他的思绪就像万千条杨柳一样，凌乱不堪。尽管如此，他没有想过放弃，一次都没有。

历史遗弃了他。这种遗弃一开始就注定了。因为变法的动力来自朝廷，而不是来自民众，朝廷分裂，朝局变幻，变法的根基也随之摇撼。在各方的压力下，他一度罢相，次年召回，次年再罢。1085 年，他最大的支持者神宗死去，变法失去了最关键的支撑者，就像一座纸糊的房子一样，在风雨中坍塌。他的继任者，曾经的文友、现在的政敌司马光尽复旧制，历史上一次天才的变法失败了。

哀之甚，莫大于心之死。王安石可以忍受任何诽谤，可以迎击任何挑战，但他不能忍看变法的失败。一个失去权力、退隐田园的政治家，就像失去了手中的利器，还失去了战场的斗士，等待他的，就只有死亡了。

公元 1086 年，王安石死了。他死在他的半山园。我知道，直到死，他仍然没有放弃，他还在勉励自己——但到半山须努力！

他不知道的是，一个经不起一场变革的朝廷，不仅不能保住繁华，还不能保住尊严，四十一年后，宋徽宗、宋钦宗二帝被掳，北宋亡。

北宋的雪域，只有一树寒梅，还在凭吊那个时代、那个卓异的斗士……

楼

选一个风和日丽的午后，登上岳阳楼，极目远眺，欣赏楼下连天碧波的大气，感受那片大湖的沧桑荣光——这是身为岳阳人最奢侈的休闲。

天空很蓝，视野很开阔，推开主楼雕花的窗棂，一湖的水静静地在你的眼底流淌，阳光下的湖面，多少大事曾在这里发生，而时间过去了千余年，天空依旧这么平静，仿佛什么事也没有发生过。

这里本来没有楼，有的只是一湖水、一湖特别的水。这湖水接纳湘、资、沅、澧，吞吐长江，浩浩汤汤，横无际涯，是天地间的奇观。那时湖是沉寂的，除了浅滩上悠闲踱步的麋鹿，莲叶间偶尔出没的轻舟和湖面忽聚忽散的沙鸥，便只剩下了风和阳光，没有争，没有竞，只有安静。这种安静一直维持到屈原在湖的上游吟诗自沉，载着屈子诗魂的汨水入湖，湖在那一瞬间凝重，风忘了吹，鸟忘了叫，只有一湖的浪开始从那时起不再平静，它开始奔涌。

宽阔的湖面上，战舰密布，在楼上旗语中进退拒止。这已是三国的湖面。湖面上，东吴水师正在操练。因为有了这支水师，也就有了这座楼。这是一座粗朴的阅兵楼，看不到轻盈，只有厚重。这支水师也是一支厚重的水师，打败过曹操的八十万大军。战争已经停止，但烈烈的湖风中，肃杀之气仍在蒸腾。蒸腾的肃杀之气中，隐隐有琴声传来，奏琴的是这支水师曾经的主人——羽扇纶巾、雄姿英发的周瑜。他是这支水师真正的缔造者。他不只是一个武将，还是一个书生。他已不在水师中了，他的一缕英灵已追随他肝胆相照的主人孙策去了另一个世界。但他的魂还在这支水师中。这支水师还在演绎他"谈笑间，樯橹灰飞烟灭"的豪迈。相比拥有八十万大军的曹操，他是那样弱小，像他的妻子小乔一样弱小。曹操不仅盯上了他手中的水师，还盯上了他的妻子。他愤怒了。愤怒了的他在这片水域写下了他短暂一生最精彩的篇章。在这片水域，他一手导演了苦肉计、诈降计，步步为营，随机应变，最后火烧赤壁。那场世纪之战胜得惊心动魄，胜得异彩纷呈。那一战打下了东吴的基业，也打出了他的儒将风采。没有了周瑜的东吴水师，还在唱他爱唱的歌，还在弹他亲谱的曲。他死后，他的妻子也死了。她死了也不愿离开他导演过这场经典大战的战场，她就葬在这座楼的北面，她不爱烛影摇红，她要看她心仪的儒雅书生，谈笑间赢定人生的风姿。

谈笑间，鲁肃建的阅兵楼塌了。雄姿英发的周瑜、碧眼紫髯的孙权、志在千里的曹操都不在了。无论他们多么豪迈、多么雄杰，都留不住一江滚滚东流的水，也留不住他们打下的不世基业。经历过西晋的八王之乱，经历过五胡十六国的长年对峙，已没有人来管这座阅兵楼了。没有了周瑜这种不世出的儒将，湖面的水师已撑不起一片天空。撑不起天空的水师散了，楼也就塌了。这片水域，这片土地，再没有昔日的云蒸霞蔚，只有无尽的荒凉。它们在湖风中沉寂、没落。湖面一天比一天安静，安静得让人忘记了那个时代，忘记了那段波澜壮阔的史。

开元三年，张说贬官岳阳。他在岳阳的时间有限，而政绩满湖。那时，张说在楼的断壁残垣穿行，赤壁风烟，在残垣间隐现，张说颇多感慨、遗憾，于是决定修楼。楼成后，张说如得江山之助，诗兴勃发，舟游洞庭，诗赋南湖，忘了被贬，忘了万千议论，心静而神娱，如神仙中人。

其时正是盛唐，一个群星璀璨的年代。物以类聚，人以群分。那个时代最负盛名的文人，踏着张说的行迹，或赊月洞庭畔，或买酒白云边，领略湖光秋月，心随湖水共悠悠，让楼和湖随巨匠大家的足迹遍天涯。鲁肃的楼垮了，但张说和他的文友，用笔、用诗建成了一座人文的楼。

历史依旧轮回，昼夜不息。李白乘一叶轻舟登上了楼。他就着酒气，乘兴写了八个字：水天一色，风月无边。他的生命中有酒："天子呼来不上船，自称臣是酒中仙。"他是一个孤独的饮者，他有抱负，有豪气，也有际遇，但宫中妒英才，他回到了起点。此后，和他相伴的只有酒，只有孤独。"花间一壶酒，独酌无相亲"，他独自举杯，而举杯消愁愁更愁。他的生命中有月："小时不识月，呼作白玉盘"，那是李白的少年月。"俱怀逸兴壮思飞，欲上青天揽明月"，那是李白的青年月。"人生得意须尽欢，莫使金樽空对月"，那已是李白的暮年月了。月还在，而人已老。他在此时登楼。这里只有千年前的月光，只有四季轮替不息的风。风在湖面吹，吹过楼顶，楼顶的草在战栗；风在他的心空中吹，那里有太多的郁结缠绕在他的心空，风吹不动了，没有风的心空也看不到月，月隐在无边的云里。"旧国见秋月，江中流寒声"，他在楼上写风月，但心中只有凄凉。属于他的时代结束了，不论他心中的月有多明亮，这个时代的黑暗总能在它露头的时候遮掩它。

到杜甫登楼时，他看到的不仅有肃杀，还有悲欢离合。千山万壑，目力所及，是真正的满目疮痍。命运多舛的杜甫，每走一条路，那条路总会断裂，每到一处，那里总会有烽火狼烟，他跌跌撞撞地走到这座湖，登上这座楼时，他已经病骨支离、来日无多了。他是一个书生，但他不是一个普通的书生，他是一个"笔落惊风雨，诗成泣鬼神"的书生。他的笔下有风情美景，但更多的是民瘼民生。他还是一个想"致君尧舜上"的书生，他走过太多的路，看过太多的风情，也经历过太多的挫折，他有对这个国家最现实最接地气的思考。但他空有一腔热血，空有一腔忧愁，这个国家，没有人愿意听他嘶哑的呼喊。喊着喊着，他就老了，老得连登楼的力气也没有了。他不仅老，还病着，不仅病，还穷得只剩下了手中的诗卷，穷得三餐难以为继。在楼上，吴楚风情让他心胸为之一宽。但随后，他就听到了战马的悲鸣，看到了天际的狼烟，那不是三国的战场，而是当下的大唐，他的心情黯淡了，忧民、忧国之悲情顿生，一句"凭轩涕泗流"，让湖为之色变，楼为之高峻。

庆历四年，滕子京知岳州，还是因贬。这座楼接待了太多的贬官，他们登楼，看洞庭风情，看人来人往，看着看着，他们的悲就来了，在楼上，他们没有心思写诗了，只想喝酒，喝到酩酊大醉时，一天就过去了，被贬的悲也就隐匿了。滕子京和他们不一样，他没有诗酒沉沦，而是建文庙，修虹堤，重修岳阳楼。主政期间，洞庭水波不兴，百姓安居乐业，岳州气象为之一新。在新修的岳阳楼上，滕子京或远眺或环顾，总觉得少了什么。"天下郡国，非有山水环异者不为胜，山水非有楼观登览者不为显，楼观非有文字称记者不为久，文字非出于雄才巨卿者不为著"，这是滕子京的顿悟。滕子京请人绘了幅《洞庭晚秋图》，寄给千里之外的同年范仲淹，请他为岳阳楼写一篇序文。

"予观夫巴陵胜状，在洞庭一湖。"反复品读《洞庭晚秋图》，范仲淹从一湖浩浩汤汤的水中悟到了洞庭的精神。他的目光，穿过四起的暮色，在历史的长空巡弋，人生起落、价值取向、道德追求、悲欢忧乐如匆匆远行的雁阵，一队队从眼前掠过……范仲淹收回目光，笔势如虹，或远或近，或虚或实，或进或退，或庙堂或江湖……"其必曰'先天下之忧而忧，后天下之乐而乐'乎？噫！微斯人，吾谁与归？"文章至此戛然而止。言已尽，而意未已。驻笔之间，范仲淹心湖激荡，久久不能平静。

这篇三百余字的记写尽了范仲淹的一生。他是吃凉粥长大的，一盆粥划为四块，就是他一天的饭食。他的胸中不只有凉粥，还有锦绣文章。不仅有锦绣文章，还有雄兵百兵。他不光能写文章、写诗、当大学士，还能统兵前敌，大破虏骑。他不光能统兵前敌，大破虏骑，还是一个医生。不过他不是医病的医生，而是医国的医生。他主持庆历新政，大刀阔斧地除旧革新。他一生都在忙碌，有时在朝堂，有时在边关，有时在地方。有时是提拔，有时是被贬，但不管在何处，不管是进还是退，他的心中没有伤，只有忧。他忧民忧国，唯独没有时间忧己。他还没有时间为文，他本来不想接这个应酬式的任务，但滕子京的信深深地打动了他，一句天下郡国，一句雄才巨卿激发了他的文思。他写郡国的山水，写郡国的人物，写郡国的隐忧，写着写着，他就忘了这篇记，他的眼中，他的笔下只有国和民。那时，他已不在朝堂了，他在地方，但他的心是在朝堂的，他的心中装着一国，他是一个诸葛亮式的政治家，为这个国，为这个国度上的民众鞠躬尽瘁，死而后已是他的政治自觉。他有太多的忧要去谋划，他有太多的事要去践行。那时，他已老了，他自知岁月无多，他也自知，他没有看到国家兴盛、看到民众殷实的机会了，写着写着，他发出了那声千秋之叹，他叹无人接替他的事业，他叹良将贤臣太少……

范仲淹没有想到，他的一篇应景之作，把他推上了人生事业的巅峰。到了暮年，立功、立德他都可无憾了，只有立言还不尽如人意。但他掷笔之间，他的立言事业也画上了圆满的句号。不经意间，他用手中的笔建了一座新的楼，一座精神的楼，一座永远不会垮塌的楼。

一遍遍吟诵三百余字的《岳阳楼记》，眼前那飞檐斗拱，气势雄伟的木楼缓缓消失，洞庭壮阔的湖面上，一座丰碑，无数先贤用汗、用泪、用血浇筑的文明丰碑一点一点地立起，如灯塔照亮深邃的夜空，让迷茫者明锐、让孜求者坚定、让猥琐者泫然自惭……

"路漫漫其修远兮，吾将上下而求索。"屈子行吟、杜甫悲吟、范公绝唱，音犹在耳，辉煌的农耕文明时代却相随历史巨轮的航迹愈行愈远。站在焕然一新的岳阳楼上迎风远望，但见洞庭波涌，千帆竞渡，岳阳楼下，人流如织，百业俱兴，屈子、杜公、范公地下有知，或可无憾……

咸亨酒店

我们是被一阵突如其来的雨挤进酒店的。尽管雨催人急，我仍记住了酒店门口的对联："酒香宾咸集，人和事亨通。"但我以为，这家小店店运亨通的原因不仅是人和，还因为"小店名气大，老酒醉人多"。

在形如曲尺的柜台上，我递过几张十元纸币，很和气的服务生递给我两碗其色如墨、热气四溢的绍酒和一碟茴香豆、一碟豆腐干。于是，我在绍兴最漫长的一个下午开始了。

找到一处空着的方桌，在一条长凳上坐下来，就着扑面而来的雨气和记忆中的《孔乙己》一口口啜饮。热热的绍酒很快驱逐了一路奔波的疲劳。绍酒的威力大，一碗酒下肚，脑子就有点晕乎乎了。蒙眬中，抬起头来，我发现，门口有一尊雕塑———一个活脱脱的孔乙己。雨中，柜台前，穿着长衫、佝偻着身子的孔乙己正费力地"排"出几文大钱，他的脸上，看不到任何表情，他只是急切地望着柜台内的酒瓮，只是想得到一碗酒。由他的形容，可以感受到孔乙己的落魄。这种落魄的神情印在脑海中有近三十年了，总是不经意间浮现。而雨中的孔乙己比印象中的孔乙己显得更为困窘。这种让人无比压抑的困窘像一块沉重的石头扔进幽深的古井一样撼动着我的内心，我停杯不饮，隔着一帘夏雨和孔乙己倾谈。

孔乙己肯定是读过书的，因为他写得一手好字。但他的书肯定没有读好，因为他不仅没有进过学，连养家糊口的工作也找不到。他没有本钱开酒店，没有能力教书，没有心思打短工、做长工、划乌篷船，在鲁镇，孔乙己存在的唯一价值就是引人发笑。

引人发笑的原因是因为他的格格不入。没有办法把他归于鲁镇居民的任何一类，他没有进过学，不能将他归于读书人；他从不参加苦力劳动，不能将他归于短衣帮；他有时很"阔"，有时又身无一文，不能随便将他归于有钱人或无钱人。

但他自己是有归属的，他终年把自己隐藏在一件长衫里。长衫里的世界，不只有子曰诗云，还有美酒佳肴、红袖添香、金玉满堂……但凡世界上有的，都应有尽有。孔乙己自以为属于那个世界。这个世界隐在长衫里，藏在他的内心深处。这个世界给了他太多的优越感，他所有的做派都是按照那个世界的标准来的。所以他看不起短衣帮，也不屑参加苦力劳动。但同时隐藏在长衫中的还有无法忍受的痛苦。隔着时空，我已无法体味孔乙己的那种感受。但那时，他应该是很痛苦的。他痛苦的根源是长衫里的世界和长衫外的世界完全不能融合。在常人的眼中，他是一个完全不能理解的人；在他自己的眼中，常人亦是一群完全不能理解的群体。更加难以忍受的是，他身上的长衫越来越破旧，身上的铜圆也越来越稀缺，最后，到了只能靠偷才能维持生存的地步了。但到了这一步，他还是不愿脱下身上破旧的长衫。那么留给他的，就只有离开了。可是他能到哪里去呢，无论走到哪里，都有蔑视的眼光，都有戒备的眼光，那个世界是不容许跨越的，你不可能穿长衫在短衣帮里生存，也不可能穿着短衣在长衫世界里找到自己的位置。那么他就只有消失，从这个世界消失。

在绍兴的那个下午，我一直隐在孔乙己的剧情里。我知道，咸亨酒店的后面，有一条古老的河，是少年闰土坐着乌篷船来鲁镇的河；我知道，在咸亨酒店的旁边，有著名的百草园和三味书屋；我还知道，临河的水榭，正在汇演我酷爱的越剧。但那个下午，我坐在咸亨酒店里没有挪开一步。两碗绍酒早已变成朦胧的雾气，一个个着长衫和着短衫的影子在视线里摇晃——着长衫的孔乙己走进夜色，再也没有回来；守寡的祥林嫂被塞进乌篷船，永远消失在人们的视线里；单四嫂子的儿子，被生硬地钉进一口薄薄的棺材……这就是真实的鲁镇，和一个姓孔的老人关系非同寻常的世界。在这个世界，一堵坚硬得像铁桶一样的墙，封闭了所有的希望和梦。

偶尔抬头，形如曲尺的柜台后，我依稀看到一个少年，正用一双明澈的眼，冷冷地看人间的悲欢，我无法看清他穿长衫还是短衫，但我清楚，他是那个时代，鲁镇所辖的世界里最孤独的人，因为他是那个世界最清醒的人。他没有和鲁镇的任何人保持亲密无间，没有和他们一起笑看那个世界的悲凉，他只是看，只是思索，他终于选择逃走，他逃到了日本。但他没有像孔乙己一样逃离这个世界，他逃走的目的还是看，还是思考，隔着一片海，隔着一个完全不同的环境，他不仅看透了鲁镇的骨髓和灵魂，还看透了民国和租界的骨髓和灵魂。多年后，他回来了。他依然是孤独地回来的，除了手中的一支笔，他还带着对一个没落的体制的冷酷的解剖方案。在潺潺的流水中，他把他看到的、记下的、思索的，都凝注到那支瘦瘦的笔尖，一点点地放大，放大到可以让人们听到尖锐的呐喊，放大到可以穿透一个冬天的雾霭，让人们看到另一个时代天际的曙光。

他就是鲁迅，一个拿着烟斗、蓄着隶体一字胡须的硬汉，一个不世出的斗士，一个时代的标志。他本不应属于这个时代，因他与这个时代是那样格格不入。他是地地道道的反对派。他反封建、反军阀、反侵略与奴役、反虚假的共和与民主、反卖国、反软骨症……他反对的主要方式是文字，反对的工具是笔，他一个个为他们画像，画得惟妙惟肖后，又一个个将他们涂抹得面目全非。他像孔乙己一样成了那个时代的另类，在那个时代看来，他是那样不可接近、不可理喻。但他心里明白，他正是属于那个时代的，因为他的思想源泉来源于对那个时代深刻的解剖。他像雪域的一株孤单的梅花，以一己之力抵挡一个时代。他的周围，除了彻骨的严寒，还有不可预知的危险，但他从未掩饰过自己，从未依靠一件长衫来屏蔽自己，他说过，他不想放过任何人，他说，让他们怨恨去吧，我一个也不宽恕。

步出酒店，我在鲁镇的古街上漫无目的地行走，软软的吴音不时从耳际飘过，我无从猜想，在这个诗书礼乐长盛不衰的环境里，怎么可能诞生一个不世出的斗士。他在鲁镇的街上走过，着长衫的人们伸长脖颈以一种异样的眼光包围他，他举着手中的笔，像举着一把锋利的长刀，毫不留情地将一件件长衫划破……他是那个时代当之无愧的斗士！揣着一份肃穆、一份庄严、一份崇敬，沿着他走过的足迹寻找，走过百草园，走过三味书屋，走过土谷祠，走过且介亭，走到那个宽阔的广场。那里，他走不动了，他走成了一尊雕像、一尊 1936 年的雕像。他的形容还是那样瘦削，还是那样硬朗，他手中的香烟还在燃烧，袅袅烟雾却没有在风中凌乱，而是固执地朝一个方向伸展，正如他永远不会熄灭的思想之火，还在为这个新的世界指引方向……

"亲戚或余悲，他人亦已歌。"一个没有鲁迅的北平或一个没有鲁迅的上海，舞厅的灯光还是那样炫目，酒楼的吆喝还是那样粗犷，当权者还在继续一处处演讲，报纸上还在发表形形色色的人生感悟……而离北平或上海几百公里上千公里的穷乡僻壤，人们正挣扎在绳索、锁链的束缚和棺材硬生生的封闭中。他死前一千余年，有人说："人固有一死，或重于泰山，或轻于鸿毛……"他的死，是思想界最惨重的损失。他逝世十三年后，有人为他痛苦地吟唱：有的人活着，他已经死了；有的人死了，他还活着。他逝世几十年后，他的言论和预言一次次地出现在各大新闻事件中，人们才逐渐意识到，失去鲁迅，我们失去的是什么……他是那个迷惘的时代灯塔一般的存在。

离开咸亨酒店时，已是夜色阑珊，又一批游客冒雨冲进了酒店。他们排出几张钱，接过一碗酒，然后自得地品。

他们不知道，形如曲尺的柜台后面，始终有一双眼在冷峻地看着……

一座书院的高度

　　山不在高，有仙则名。岳麓山不高，海拔只有三百来米，是南岳衡山七十二峰的最后一峰，因为个子矮，所以称岳麓。山上应该没有仙，有的话，也会被川流不息的游人惊走。不过西晋以前山上可能是有一些仙气的，因为那时，山上曾建有壮观的道观。

　　这回我们不是奔山的高去的，也不是奔山的仙气去的。我们没有爬山，吸引我们的是山脚下的岳麓书院。岳麓书院就在湖南大学的校园里。这是一座没有围墙的大学。校园里的主干道同时也是这座城市的交通要道。一所大学，通过这条路，和外面的世界紧密地连接在一起。行走间，我们无暇去搜索国内名校排行榜，去评判这所大学的办学水准，但通过这条路，我们可以领略这所大学开放的襟怀。因为这条路，这所大学浓浓的书卷气里，也充盈着厚重的烟火气息。

　　我们去时，正是秋初。炎热还没有退去，整个城市都在等待，等一场如约而至的雨，等一场舒心适意的凉。午后的校园里很安静，没有比赛，没有演讲，也没有大规模的集会，只见三三两两的学生在树荫下漫步。安静的校园能让人的心情舒适起来，那种难以名状的燥热感消失了。

没人介意我们的到来，我们也无意去干扰他人。怀着急切的心情，我们专注地顺着这条并不宽阔的马路匆匆赶路，去赴一座古书院的千年之约。

一

这是一片保存完好的书院建筑群。

站在这座气势恢宏的书院门口，我们能依稀能感到隔着千年的松涛在奔涌而来。

一张全盛时期的书院的结构图为我们展示了这座古书院的大气和不凡。教学、藏书、祭祀、园林、纪念功能各异的建筑群采用中轴对称、纵深多进的院落形式，前延至湘江西岸，后延至岳麓山巅，形成了书院历史上亭台相济、楼阁相望、山水相融的壮丽景观。

十二级台阶上，就是岳麓书院的大门。

将军门式结构的大门正上方的门额上，高悬着一块大匾，匾上大书"岳麓书院"四个大字，这是宋真宗的御笔。

宋真宗赵恒是宋朝的第三位皇帝。到他这一代，宋太祖、宋太宗开疆辟土的王霸之气已所剩不多了，他是一个坐守其成的人，也是一个怯懦的人。历史上著名的澶渊之盟就是他力主订立的。澶渊之盟最让后人诟病是"岁币"——每年支付辽银、绢，以获取边境安宁。他的后代子孙，学宋太祖、宋太宗的少，学他的多。后世王朝也有人学他，学得最像的是慈禧主政时的大清，慈禧的名言是：量中华之物力，结与国之欢心。她的名言一吐，他国欢心了，但大清国民之心从此崩溃，再也无法凝聚。宋真宗没有战心，朝政也乏善可陈，但不是一无是处，至少在这座书院里有他的位置。他对岳麓书院的发展起到了重要的推动作用。北宋大中祥符八年，他召见岳麓书院山长周式，拜为国子监主簿，请他留京讲学做官。周式不愿在京为官，他又赐匾、赐经。经他褒扬，岳麓书院从此名闻天下，成为北宋四大书院之一。

大门两旁悬挂着那副闻名已久的对联：惟楚有材，于斯为盛。这是一副集句联，上联出自《左传·襄公二十六年》，下联出自《论语·泰伯》。这副对联是师生间应和的即兴之作。嘉庆年间袁名曜任岳麓书院院长，山门大修竣工了，原来的旧门联却不知弄到哪去了，门人着急，怕挨板子，特地气喘吁吁地跑来找山长求联。袁名曜大度，当即应允，吟出上联，并嘱学生们对。上联出得太生僻，也太突然，大家搜索枯肠，茫然无对。这时，贡生张中阶来了，问明白后，他略一沉思，下联即脱口而出。这副集句联浑然天成，仿佛前人早就准备好了似的。更重要的是，此联联意深远，让人信心陡长。身为湖南人，读着这副对联走进大门，我们的身板也在不经意间挺直了不少。

书院最核心的建筑是讲堂。这是我见过的最简朴的讲堂。没有讲台，没有桌布，没有话筒，也没有席位卡，只有两张普普通通的太师椅摆在那里。但这两张普通的太师椅记录的却是一段至为重要的历史。

时间定格在南宋乾道三年，这一年，闽派理学宗师朱熹来了。他是应书院山长张栻的邀请专程来访的。朱熹的到来，是岳麓书院的重大事件。张栻为朱熹的到来做足了准备，厨房里备足了永州的异蛇酒、汨罗的甜酒、长沙的臭豆腐、邵阳的猪血丸子、君山的银针。行程也做了预案：朱熹在书院盘桓的两个月，在张栻的陪同下，朱熹游遍了长沙。他在赫曦台观日，在山斋吟诗，在橘子洲览胜……在赫曦台，两位大师见日月之明，望河川之秀，顿生感慨。大师有感时不像游客一样大呼小叫，他们只吟诗。朱熹开头，张栻接句，他们你一联我一联，说尽宇宙之无穷，道尽志士之忧患。赫曦台由此声名远播。但他的行程里不只有这些，他的行程里还有一些比游览和吟诗更重要的东西，那就是讲学。讲学不是朱熹一个人讲，而是他和张栻一起会讲。讲堂上，两把宽大的太师椅上，端坐着两位负一时之望的学者。他们像在赫曦台联诗一样，你一言，我一语，相互论证，相互补充，天马行空地畅论经典。这种不写课件、不限课题、不拘形式的讲学方式，让下面的听众大呼过瘾，所讲的内容也是闻所未闻，发人深省，让人如痴如醉。

会讲时，书院"饮马池水立涸"的盛况，让讲堂里的我们黯然神伤。在人来人往的讲堂上，我们大起恨不生在宋朝的感慨。

朱熹不仅在岳麓书院公开讲学，还和张栻就心中所见展开辩学，他们辩学的焦点是《中庸》，据说他们整整辩论了三个昼夜。三个昼夜的反复辩论，他们是否达了一致不得而知，但它留下的自由讲学的新风却让这座千年书院永葆青春和活力。

岳麓会讲三百四十年后，讲堂里迎来了另一位重要客人——一代宗师王阳明。王阳明是一个全能型的大家，他不仅能打仗，还能治民，还能讲学。他的最大成就是他创立的心学，他的心学不同于儒家的其他的思想，强调心的作用。他认为，万事万物都不在心外，而是在我们的内心之中。万事万物都是依靠人的认识而存在的。他的心学广为流传，追随者众多。王阳明在岳麓书院的讲学是继朱张会讲之后，岳麓书院的又一次重要学派活动。为这次讲学，岳麓书院筹备了很久，王阳明自己也等待了很久，他一接到邀请就出发了，但阻于大雨。在连绵的雨中，他一等再等，终于等到云收雾霁。"隔江岳麓悬情久，雷雨潇湘日夜来。安得轻风扫微霭，振衣直上赫曦台。"从他的诗中可见他急切而愉悦的心情。

这几次成功的会讲，岳麓书院的大门敞开了，再也没有关过。我怀疑北大蔡元培先生"思想自由、兼容并包"的校训即发轫于岳麓书院。因为我肯定，渊博如蔡先生，一定是知道岳麓书院大大小小的典故的。

到了讲堂，不能不提讲堂的一块匾。讲堂上有三块匾，一块出自康熙，一块出自乾隆，一块出自民国湖南工专校长宾步程。康熙和乾隆写的匾导游讲得最多，但我只记住了上面有几条龙，别的就全忘却了。但那块宾步程交代制作的匾却让我身心俱震。真有众里寻他千百度，蓦然回首，那人却在，灯火阑珊处的感慨。这块匾的匾文出自《汉书·河间献王刘德传》，匾文就是我们念诵了无数遍的"实事求是"。这四个字我们抄写过无数遍，也使用过无数遍，还感慨过无数遍，所以印象深刻。宾步程没想到，他自定的校训后来被人借用了。其中的两次借用在中国革命和建设中起到了难以估量的影响。一次被革命领袖毛泽东借用。他亲书"实事求是"四字，作为中国人民抗日军政大学校训。一次被中国改革开放总设计师邓小平借用，他把"实事求是"搬到了中央党校校门口。所有的改革家都感到中国的事难办，商鞅、王安石、张居正，这些名垂史册的改革大家最后都失败了。他们失败的原因很复杂，但至少有一个原因是他们没有机缘想通实事求是的道理。数千年的思想碰撞、交锋，最后在这里融会。看到它，我油然而生不虚此行之感。事实上，导游把我们带到这里就再没往前引了，她知道我心已足。

二

讲堂后是御书楼。导游的突然低沉下来的声音为我们剖开了书院隐藏在历史云涛中的另一面。这一面，是让我无比感慨的书院苦难史。

我们不知道，岳麓书院经曾七毁于战火。七次战乱中，有时是书院被毁，有时是书院和师生全部殉道。1938年，书院御书楼的被毁尤令人痛心，因为日军的暴行，近千年来，岳麓书院代代传承的数万册无比珍贵的藏书在战火中化为灰烬。

珍本藏书对于一所书院，就像趁手的兵器对于一个披坚执锐的战将一样重要。没有趁手的武器，将军可能会输掉一场战争，留给他的将是无尽的哀伤。但面对一次次毁灭性的打击，岳麓书院并没有在哀伤中沉沦。相伴七毁的是书院七次浴火重生式的重建。它像一个战场上永远打不垮的老兵一样，一次次被击倒后又顽强地站立起来，并迅速展示出更旺盛的生机和活力，让人油然而生钦佩。

这种坚韧不屈的精神，湖南人称之为"霸得蛮"。霸得蛮是湖湘文化中的一个很独特的元素。书院能七毁七建，得益于张栻确立的办学宗旨：传道济民。张栻最不喜欢那种下笔千言、胸无一策的书呆子，也不待见那种工于奉迎，没一根硬骨头的墙头草，他终生致力于培养"事天保民"的经世之才。这样的人才要有血性，要霸得蛮，要扛得起事，要敢为天下先，要以天下为己任。

"天下兴亡，舍我其谁？非湖湘子弟莫属！"如果有人在他的面前拍着胸大声说出这句话，又能当场写得出一首好诗的话，张栻一定会将他收入门下。这就是他心中最标准的弟子的样子。

这座书院在毁、在建、在发展中不知不觉地孕育了一种血性、一种务实，一种敢为人先和以天下为己任的精神。影响了一代一代的湖南人，他们穷则独善其身，达则兼济天下。

1275年，元军攻长沙时，岳麓书院数百学子和城里军民团结抵敌，城破后，学生大多自杀，就是书院文弱书生血性和气节的一次集体展示。岳麓书院长年坚持的办学理念和湘人特有的刚硬、务实、敢为人先的拼搏精神相互涵养，相互激励、提升，促进了极富地域特色的湖湘文化的形成。

提到湖湘文化不能不提曾国藩。在近代，曾国藩是湖湘文化的重要推手。他毕业于岳麓书院，自认为天资并不理想，小时读书，一篇文章读来读去总是记不住。但他天性霸得蛮，天天晚上开夜车。相传有一天，他家里来了小偷，小偷躲在他卧室的梁上，苦等他熄灯睡觉后好找点衣食度日，但小偷失算了。曾国藩那晚不是读文章，而是背文章，他读到天快亮时还没背出。腰酸背痛的小偷再也忍不住了，他跳下梁，当场一字不漏地背完那篇文章后扬长而去。曾国藩没管小偷，他还是背，直到背下来后才倒头大睡。凭这份毅力，他不仅当上了进士，当上了大官，还莫名其妙地成了统兵前敌的大将。太平天国运动将他推到了历史的风口浪尖，他在匆忙中带着一班由书生将领和农夫兵勇组成的湘军队伍，迎着太平天国的兵锋冲了上去。开始当然是败，一败于岳州，再败于靖港，三败于湖口。败得最狼狈的湖口战场，他差点就成了太平天国士兵的俘虏。他急得投水自杀。那次自杀未遂后，他收到了秀才父亲的一封信，信中直斥他懦弱，正告他说：出湖南而死，是皆死所，若死于湖南，吾不尔哭也！那封信让曾国藩出了一身透汗，也激起了他愈挫愈勇、屡败屡战的斗志。他举起书生建功立业的大纛，率领一班穷书生，在近代中国史上写下了无比精彩的一章。他的战功，已随着历史风云一点点黯淡，但他给后人留下的《曾国藩家书》却成了无比珍贵的精神遗产。

张栻死后六百六十三年，在湘江之畔的湘阴县柳庄，屡试不第的举人左宗棠，为他的新居写了一副对联：身无半文，心忧天下；读破万卷，神交古人。这一年，左宗棠彻底绝了考进士的心，他发现那是个无底洞，考来考去，人老了，心累了，还背了一身的债。他服了，也放弃了。他人前人后自称"布衣"，有时也称"湘上农人"。这是他自谦，但他没有消沉，他放弃了考进士不代表他放弃了求是求真。他身在田园，而心在天下。在垄亩之间、在躬耕之余，他开始潜心钻研历史、地理、军事、经济、水利之学，坚忍不拔地为未来做准备。四年后，被林则徐称为"绝世奇才"并寄望"西定新疆"的左宗棠，告别夫人，走出柳庄，从师爷做起，后来自建楚军，凭真才实学开拓了一片全新的天地。时人称"天下不可一日无湖南，湖南不可一日无左宗棠"。一生中，他最得意的是栽了一些杨柳，把湖南的杨柳栽遍了天山南北，也把湖湘子弟带到了天山南北。他一生事业最精彩的部分，就在抬棺出塞，平定新疆那一段。

就像张栻敞开岳麓书院的大门，迎来朱熹，促成了"吾道南来"一样，在曾国藩、左宗棠的推动下，一代一代湖湘子弟开始走出湖南，在三千年未有的变局中挺身而出。

1898 年的深秋，北京菜市口，一个奇男子在刽子手的一声断喝中倒下了。和他一起倒下的还有五人，他们并称为戊戌六君子。他是浏阳人，叫谭嗣同。他是一个性格孤僻而深沉的人，新婚不久，就仗剑周游天下，结交海内朋友。三十一岁那年，他写成哲学名著《仁学》。同年，他和梁启超在湖南创办时务学堂，宣传变法维新。三十三岁那年，他和林旭、刘光第、杨锐参与变法。同年，变法失败。他在筹谋营救光绪帝无果后，决心以死来殉变法事业。他留下了一句让他的老父娇妻终日泪流满面的话，他说："各国变法，无不从流血而成，今中国未闻有因变法而流血者，此国之所以不昌。有之，请自嗣同始！"读谭嗣同的生平事迹时，我总感到节奏太快，快得像朱张会讲一样让人眼花缭乱，让人难以消化。他像一根浸透了 95 号汽油的火把，点燃就猛烈地燃烧，转眼间即灰飞烟灭。他是一个真正看透了生死的人，也是一个真正舍身赴义的人。人生自古谁无死，但死得像谭嗣同一样干脆利落的人，世上能有几人？

三

趁机看了黄兴墓，没有人能将他和岳麓书院分开。因为他本来就在岳麓山，还在这里读过书，接受过维新思想。我想看他的理由很简单，就是因为他的简介里提到的三件陪葬品：一是他用过的指挥刀，一是他儿子在抗日战场缴获的一个炮弹筒，一是他生前用过的笔筒。这三样东西，每一件都能让一个身经百战的军人凭轩流泪。黄兴墓的正下方不远，是他在辛亥革命中的好兄弟蔡锷将军的墓。在他们四周，则分布着刘道一、陈天华、蒋翊武等战友的墓。

这一看就看到暮色苍茫了。站在岳麓山上远望，风从湘江中来，吹尽一身的疲惫，也吹散了秋天的燥闷。但我的心绪再也轻松不起来了，经过这么多先贤的轮番轰炸，我的脑海中已如此刻的湘江一样江流湍急，无立足处。我最想做的事是想抚慰一下身边的这些先烈，但我没敢伸出那双抡不动一把青龙偃月刀的手，对这些曾经惊天动地地争过、斗过、拼过的杰出的湖湘子弟们，我自感没有抚慰他们的资格。因为他们的人生和功业，早已成为不可复制的经典。所幸的是，他们为救亡、为自由、为尊严流过的血没有白流，他们身后，以毛泽东、刘少奇、任弼时、彭德怀为代表的一大批革命家，抒写了"问苍茫大地，谁主沉浮"的壮丽篇章，成为湖湘文化最为灿烂的一页。

作为一个湖南人，我们永远不能忘记他们，因为他们为湖南人博得了"若道中华国果亡，除非湖南人尽死"的美誉。

伟人、英杰渐行渐远了，历史的功勋墙上，只留下了一尊尊高大的形象，让我们在肃穆中仰望。

第三辑　时光里的黄茅港

堤

　　黄茅港的历史，没法绕过洞庭湖，也没法绕过堤。

　　黄茅港是洞庭湖的一个湾，一个很小很小的湾。洞庭湖跑累了，在那湾略事休息。涨水时，黄茅港就成了一条港；退水时，黄茅港就成了一冲田。有了田就有了人。迁徙来的、逃荒来的、投亲来的，在湾的一侧定居下来，黄茅港的历史就开启了。

　　大部分时间，黄茅港很安静，安静得让人忘记它和洞庭湖的关系。一湖的水在西边安静地流，一湾的田在东边葱葱郁郁。人呢，则在田里地里匆忙地春播或秋收。只有渔夫偶尔会光顾湾，他们用洞庭湖的鱼来交换湾里的粮食，这时，人们才突然记起，这湾连着一座湖。

　　安静常在一夜间碎裂。洞庭湖的水涨起来了，开始是水一寸寸地涨高，湾一寸寸地长大，后来是一个浪涌过来，田就没了，屋也淹了，湾就完全消失了，它成了湖。人呢，只能离开。他们背着箱笼，携着老幼，带着仅存的一点食物，离开自己的家园，踏上求生的路。没有人告诉他们，可以去哪里，也没有人告诉他们，要去多久。只有脚下的路告诉他们，这条路越走越艰难，越走越苦涩。

洪水还没退尽，大多数人走着走着又回来了，离开了黄茅港，离陌生的城市越近，他们就越没有气力也越没有心力走了。回来的人中，有人建议修堤。在湾的最窄处，修一条土堤，把湖和湾隔开，湖就成了两个部分，一部分叫外湖，一部分叫内垸。外湖再不能再管内垸的事，内垸也犯不着为外湖承担什么。无论外湖的水涨还是水退，内垸照样可以春种夏收。

　　黄茅港成立生产大队后，新叔当上了书记。新叔的板子重重地拍下去，拍得村口的大喇叭一阵阵颤抖。

　　修堤正式启动了。修堤只能在湖水完全退下去时开始，在湖水将涨未涨时完工。在湖水完全退下去的那个清晨，村头的大喇叭里发出了通知，全大队的人被通知分成一个个小队，一个小队住一个简易帐篷，一个小队负责挑一段堤。一只只铁哨成了修堤的指挥。起床是起床的哨声，上工是上工的哨声，吃饭是吃饭的哨声，休息是休息的哨声，在哨声里，黄茅港历史上最大的工程开始了。

　　一座山成了堤的牺牲者。山是窑山，山上不长树，不长草，只有瓦砾、断砖和竹筋。一把把镐一把把锄生硬地挖下去，山上的瓦砾和竹筋一点点分开，被瓦砾和竹筋包裹的泥土分离出来，被一只只及时伸过来的箢箕接走。接走的泥被肩膀挑着，送到远处的堤上。堤上的人抬着硕大的木墩，一段段把土砸实。

　　口号响起来，汗在流，瓦砾在飞，竹筋在喊，泥土在聚集，山一点点在消失，堤一点点在延伸。一个漫长的冬天，每天都重复着相同的故事。只有指挥吃饭的铁哨没办法重复每天的伙食。开始时，伙食很好，饭管饱，菜管够，间或还有肉食。但很快，粮食没有了，蔬菜没有了，就煮红薯、煮红薯丝，到最后，红薯、红薯丝也没有了，只能将土豆、黑豆、豌豆一股脑儿往锅里倒，倒得帐篷里怨气冲天。

　　指挥吃饭的铁哨没了气势，指挥修堤的铁哨也没了气势，帐篷里的气就散了。有人想过逃，像洪水涌过来的那个早晨一样，远远地逃走。但他们逃不过铁哨，一只铁哨后面长着无数双眼睛，逃不过二里三里路，他们就被铁哨抓回来了。每抓回一个，就单独关在帐篷里饿三天，饿到第三天时，他们已记不起为什么逃为什么饿了，他们只记得土豆、黑豆、豌豆的香味，香味仿佛一只只力大无比的手在牵引他们，他们饿着肚子走出来，一直走到堤上去，融入那支机械的队伍，再不需要任何人指挥他们，也不需要任何人来监督他们。也有人逃成功了，但他们逃过了冬天逃不过春天，更逃不过夏天，外逃的人如在夏天回不了黄茅港，他就过不了无衣无食的冬天。

一个个疲惫的无精打采的身子拖着沉重的脚步在缓缓地移动，一直把一个漫长的冬天远远地移到身后。

看得见春天的影子了，但堤还有一大截没有修好。指挥吃饭的郁兰慌了。用作仓库的帐篷像一只空荡的布袋，一眼就能看穿袋底。没有食物，她那只铁哨指挥不了任何人。她想到的办法是到湖里去，她领着一个帐篷的队伍，拿着渔网和铁锹，走向湖滩。她把队伍分成两组，拿渔网的负责捕鱼，拿铁锹的负责挖藕。捕鱼的把网张开后，很快就有了收获，白的黄的鱼，在网里跳，一双双眼睛盯着鱼看，他们不是看鱼，而是看自己的晚餐。拿铁锹的流着汗，和一堆堆的泥搏斗，一锹锹的泥堆成了一条堤，一根根大而长的湖藕，也堆成了泥一样的堆。

天快黑了，捕鱼的先回来，煮好了鱼汤，鱼汤的滋味让坚硬的山松动起来，山上的号子一下子响亮了。厨房里聚满了渴望的目光。天完全黑时，挖藕的也回来了，带回了藕，也带回了郁兰，她的铁哨不见了，她自己也不见了，带回的是她的衣服。她和她那组的人一起挖藕，挖着挖着，她跌进了沼泽，成了湖心的一根藕。

郁兰没了，堤还在延伸，春雨到来前，堤合龙了。合龙的那个夏初，雨特别多特别大，大得一座湖都在颤抖。一个接一个的巨浪撞过来，撞得新修的堤发出尖厉的喊。

村部的喇叭又叫起来了，新叔的铁哨指挥一群群的人上了堤，堤边上的山上的竹筋再次发出痛苦的尖叫。堤外是一湖滔滔奔涌的水，堤内是一湾青青葱葱的田。这回没有任何人逃跑，也没有任何人松劲，一担担土迅速运到堤上，水一寸寸上涨，土一层层加高，节奏快得新叔的喇叭里不断发出笑声。

洪水退缩了。一湖的水，涨时是一寸寸地涨，退时，却是一退一大截。堤上的人在风雨中安静下来，他们躺在简易的帐篷里，迎着风望远处的湖面，心里充满了胜利的快乐。这快乐里有稻子的香，有老婆的笑，有孩子们的兴奋的叫。望着望着，他们看到了郁兰，看到她在湖心招手，看到她一点点地沉没，看到她在哭。帐篷外，有人在声嘶力竭地喊，一帐篷的人从郁兰的哭声中惊醒，他们冲出帐篷，他们看到的是：堤外的水和堤内的水连成了一片。

退水时，堤垮了。浸泡了多时的新堤，没有给新叔留一点面子。黄茅港人一个冬天的辛苦和一个夏天的希望都没有了。

他们不得不背起行李，在烈日里去流浪。没有人知道他们去了哪里，夏天过去了，秋天也快过去了，湖水终于退了。湖的汪洋恣肆、湖的大气磅礴，都被秋风剥离。现在，它像一个可怜的病骨支离的老妪，在秋风中颤抖。

冬天来了。一群群的黄茅港人回来了。经过一个秋天的闯荡，他们一个个头发散乱，衣服上油渍斑驳，只有一双眼睛里还能看得见一种热望的影子。

村里的喇叭没让他们喘口气，他们再次被铁哨赶上了残堤。

口号在喊，汗在流，瓦砾在飞，竹筋在叫，泥土在聚集，山一点点消失，堤一点点延伸……一个冬天的故事在重演。这时，观众里没有了湖水，没有了郁兰，也没有了新叔，新叔因为垮堤，被免去了村支书职务，调到了乡敬老院，代替他的是怀叔。

怀叔从县里、乡里要来了不少粮食和物资，要来了不少宽敞的帐篷。干瘪的肚子里有了活力，凌乱的眼神里有了生气，宽敞的帐篷里有了热气。那个冬天，黄茅港的上空热浪滔滔，吸引着云朵，吸引着月光，吸引着湖洲上的荻花，那种热烈的气息，感动了天、感动了地，也感动着那条冷酷的湖。

那个冬天后，湖和港就完全隔离了。隔离的，还有一湖的风和雨。黄茅港安静下来。港里的田和地里，脱下油渍斑驳上衣的男人，赤着膊，用上他们积攒了一季又一季，憋了一年又一年的力量，把一行行的庄稼打理得葱葱郁郁，他们也就这样安静下来。

再修堤是1998年的事了。1998年的洪水像挖掘机一样挖开了堤，一条堤干净彻底地消失了。这回黄茅港没有人通知修堤。黄茅港挑得起一担土的精壮劳力几乎全都离开了黄茅港，融入了陌生的城市，城市像洪水一样将他们干脆利落地湮没。洪水退后，黄茅港来了几台挖掘机和几台大货车，黄茅港人一个冬天的工作，几台机器一个星期就做完了。堤修得坚实无比，堤面可以并排跑两台小汽车，再大洪水，都冲不垮堤了。

那个冬天后，湖还在堤外滔滔不息地流淌，新一代黄茅港的人却渐渐忘记了湖，忘记了堤的存在。像一本书一样，修堤、垮堤、流浪的章节永远翻过去了。

新一代黄茅港人和他们的上一辈一样，离开湖，离开田和地。他们踏着上一辈黄茅港人的足迹，登上车、登上船，最终在车流或人海中湮没。

他们也有回到黄茅港的时候，但他们的肩上扛着的，手上捧着的，心里揣着的，却是和这座湖、这片土地没有任何关联的东西，这些东西里也有忧伤，也有离合，但更多的是物质的元素，而那些从湖里、从土里生长的精神，却在城市的车流、人流中剥离。远离了湖，远离了田和地，他们的心空了，再也无法安置那些堤、湖和人的故事。

一粒谷

黄茅港有两条路：一条水路，一条旱路。

水路弯弯曲曲，最终通向何方，黄茅港没有人搞得清；旱路纵横交错，最终通向何方，黄茅港也没有人搞得清。但黄茅港人都清楚，所有的路，最终都要通向稻田、通向稻谷。在黄茅港，所有的远行，都和稻田有关，和谷有关。

一粒谷的生长，要着落在稻田里，稻田的面积的大小，决定一个家庭的收入，决定着一家人的出路。通往稻田的路，坎坷不平，永远没有宽敞的时候，田主年年冬闲时，都要清理一次田坎，砍去田坎内侧的枯草，也刻意地削走一层泥土。田坎一年一年清理，一年年变窄，路就一年年脆弱，脆弱得像一株在水中长久地浸泡过的稻草，随时可能在风雨中化为泥泞。那时，没有人能随随便便获得一块稻田，所有的田都是按人头平均分配，谁也不能多一分。一块田分定了，你的一生也就分定了。村里的湘爹，二十七岁时，分得了一块属于自己的口粮田，从此，他就把一生牢牢地种在这块田里。他用不起牛，别人用犁犁田，他用锄；别人用耙整田，他还是用锄。一锄一锄翻田，一锄一锄平整，风雨中，他由精壮汉子，到迟暮老人，那块田，用慢进键磨损了一把把锄头，也掏空了他的一生。五十五岁时，他倒在他的口粮田里。倒下时，他沉醉在那年丰厚的收获里，他的肩上，正挑着这年收获的一部分。田，还是那块田，一分不多，一分不少；人，从此交给了田，交给了黄茅港。田，牢牢地把黄茅港人的一生种在慢进的时光里。

一粒谷的生长，还要着落在水、阳光、肥料上。谷的生长，遵循着一成不变的规律，下种、育秧、施肥、收割……满是希望，也满是艰辛。我的祖父，每天黎明即起，顶着风、冒着雨，去看秧、去看水。中午匆匆饭罢，又扛着锄头离开饭桌，去除草、去翻耕。只有风雨大作的天气，我们才能看到他躺在那把竹躺椅上，眯着眼，间或喝几口浓茶。晚年时，祖父得了严重的支气管炎，翻山越岭时，喉咙里像开火车，但他匆匆的脚步却从没有因之迟滞，到不得不离开他的田地，进城养老时，他的生命也就走到了尽头。我的父亲，长年在外做缝纫，田地里的活只能利用早晚时分。月上中天，屋外的晒谷坪上，同龄的小伙伴已开始了热闹的游戏，只有我们一家，还安静地坐在堂屋里，等着披星戴月的父亲挑着、扛着一天的微薄收获回来吃晚饭。一灯如豆，餐桌上的菜已凉了。漫长的夏天，每天都重复着相同的匆忙和等待。

一粒谷生长的过程如此漫长，如此苦涩，但没有一个黄茅港人轻言放弃。黄茅港的初夏，十年九旱，稻田缺水，影响分蘖。水在堤外，在洞庭湖里，一湖水在欢快地流着，迎着风跑，顶着帆跑；堤内，一大片农田在太阳下沉重地喘息，在风中尖厉地呼喊，喘息和呼喊水听不到，帆听不到，但农夫听得到，农夫也在沉重地喘息，也在尖厉地呼喊。堤外的水引不来，只能靠一架架弯腰驼背的水车，从遥远的水塘车水。整个夏天，黄茅港人的身子就挂在水车上，干了车，车了干，每一个车水人的衣服也是干了湿，湿了干。黄茅港半大孩子记忆里最深刻的户外活动，恐怕就是跟大人夜里车水。车着车着，瞌睡来了，身子不由自主地从水车上掉下来，将最初的兴奋和盼望摔得支离破碎。到水塘也没有水时，就只能到铁山去引水了。遥远的铁山，蜿蜒上百公里，一个村一个村轮着放，轮到黄茅港时，已是水尽鱼跳了。负责放水的汉子，人手一把锄头，来回数十公里，无分昼夜地巡逻，越走越有精神，因为每走一步，水就近一步，丰收就近一步。锄头是他们用来疏通水渠的工具，也是攻击强敌的武器。如有人不顾规矩，中途截水，汉子们招呼他的，不仅是怒吼，还有锋利的锄头。黄茅港人平日手善，但放水时不会手软，水，连着稻田、连着稻谷，也连着一个个家。

身粗气壮的兵文伯，一生只做两件事，一件事是种田，一件事是送读。在黄茅港，农忙时节，什么都可以有，就是不能有病。不是生不起病，是没有时间生病。一场病，可能是三天，也可能是一周，只要一周，田地里的杂草就能毁掉一个厚实的年成。兵文伯总是马马虎虎对付着自己的口腹，却小心翼翼伺候着他的田地。他长年穿一双解放鞋，穿一件补丁摞补丁的深色上衣，提着一只黝黑的陶罐，奔忙在家和田地之间。他几乎没有朋友，也几乎没有言语，只有在多收了几担金黄的稻子时，才肯开心地喝几杯。他从未出过远门，但他有黄茅港人不敢有的远大志向，他想依靠几亩田地的收成，将他的四个儿女一个个送进大学的门槛，永久地脱离田地。他的四个儿女，背负比一丘的稻谷还要沉重的压力，奔波在校园和田地之间，挣扎在千军万马过独木桥的人海里。他的大儿子不负厚望，几次复读后，终于考上大学，又当上了高中教师，但执教仅两年就死于一场急病。大儿子的死让兵文伯急速地衰老，没过几年，兵文伯举得起磨盘的手，忽然就提不起一桶洗脚水了。兵文伯死后，他的子女中，再没有人考大学，也再没有人种田，属于他的田和地，转过几次手后，已不知归于谁的名下了。

村里的雄爹，一生的荣誉全来源于谷。每年春水初生，他就告别家人，挑一担生活用品，从鹿角码头上船，再到岳阳转火车，远赴千里之外的海南岛，参加制种。经历过漫长的春，经历过漫长的夏，直到隆冬时节，他才挑着一担行李，疲惫地归来。一年，他带回一对对虾标本，他慎重地将标本挂在堂屋里。他说那是制种的额外奖赏，只奖给他一个。这对对虾标本，将遥远的海南引到了村里。一辈子没有见过海的人，因为一粒种谷，因为雄爹，感受到了千里之外的海的气息。后来，雄爹再也去不了海南了，他就领着村民自己制种。用他制的种子种出的谷子，颗颗匀实饱满，让邻村的村民羡慕不已。

一粒谷，外面是毛茸茸金黄的外壳，里面，则是雪白的米。谷壳磨成粉，是最好的猪饲料。谷壳里面的米，则是一个农夫最主要的营养来源。新谷入仓，村子里弥散着丰收的喜庆，村民的脸上奇迹般的有了红润的色彩，低矮的泥巴屋子里，多了些畅快的欢笑。一个农夫盼望的日子，其实就是拥有几间泥巴屋、几亩田、几亩地和一年的风调雨顺。他们匆匆地在田垄间奔走，低头在田地里劳作，他们把所有的汗水和精力都倾注在田地里，催肥田地，催生出一粒粒的谷物，他们的生命已融入了田地，融入谷物。黄茅港的种田人，有不信鬼神的，有不惧权势的，但没有人敢不敬一粒平常的谷。黄茅港人很少有人建得起谷仓，收藏稻谷的工具要么是硕大的陶缸，要么是特制的木桶。年迈的老人实在没地方存放了，就把一担担金黄的谷慎重地放进自己无比珍视的寿材里。谷，是我们躯体的一部分，也是村庄的一部分，更是我们敬畏生活、敬畏自然的源头。

黄茅港人吃着谷生长，为谷而拼争，通往稻谷的路，不仅有酸涩，更有生离和死别。八百多年前的一个夏天，天像凿开了无数条缝。雨从缝隙中倾注而下。天上的水、长江的水、湘江的水、洞庭湖的水，塘坝水库中的水，一股脑儿往黄茅港涌。黄茅港的村庄不见了，田垄不见了，村民则散落在树林深处。没了村庄，没了田地，也没了稻谷，等着村民的是饥饿和免不了的赋税。无奈之下，有的村民离妻别子，抛弃家园，走出树林，走进湖洲，和钟相、杨幺走到一起，丢开锄头，竖起大旗，开始了轰轰烈烈的均贫富。他们的终极目的，不过是想长久地拥有一片田地，拥有从这片田地上收获谷物的权利。那群黄茅港人倔强的头颅，如枯萎的苇叶一样，被洞庭湖的惊涛骇浪席卷而去。黄茅港人从水路闯开一条生路的希望就此破灭。但那和田土、和稻谷相连的血性与决绝，却长久地在湖洲的苇林中生长。

席卷而去的历史中，剔去恩怨情仇，剔去繁文缛节，剩下的就只有田地和田地上生长的五谷杂粮。田地和谷物，才是历史的支撑者、见证者和引导者。黄茅港的老农说，锄头下常可刨出光洁的瓷片。一片瓷，记录着一个朝代的秘史，锄头下的田地，可能掩埋着宫室，也可能掩埋着官邸，它们在一片田地上兴起，又轰隆隆在田地间湮没。它们逃不过兴亡的宿命，是因为它们不懂这片田地，也不懂敬重这片田地上生长的谷物。

二十多年前，我离开了生我养我的村庄，来到了一个并不遥远的城市，和田地、和谷有了一段不长不短的距离。城市里，我们目睹田地在一点点地消失，田地里生长的不是谷物，而是高楼；田地里延伸的不是沟渠，而是水泥公路。离开了村庄，离开了田地，我们只能在睡梦中品味那些久远、深沉而无比亲切的印记。而一粒谷，进入城市后，它和超市里琳琅满目的商品摆在一起，它的身上不再有让人肃然起敬的光环，和林林总总的商品一样，它成了超市一种并非必不可少的商品。奢华的餐馆里，我们多次经历过觥筹交错的快意，却从没有注意过，席散时分，餐桌上一大盆一大盆的米饭，被服务生毫不犹豫地倒进泔水桶里，进入废弃物的循环。

和我们一样，离开田地，离开农夫，离开家园的谷，成了风中的一片絮，在天地间飘荡。

寻宗

我是谁？我来自哪里？我要到哪里去？这是一个研究西方哲学的人必须搞清楚的问题。搞清这三个问题，要读一屋子的书。黄茅港人很少有人搞清了这三个问题，原因是他们没有时间去读那一屋子的书。不仅是这三个问题，就是一堤之隔的洞庭湖从哪里来，到哪里去？天上的云从哪里来，到哪里去？天地间的雾从哪里来，到哪里去？他们也搞得不是很清楚。他们只知道从黄茅港到洞庭湖的距离有多远，只知道从家门口到一块田和一块地的距离有多远，只知道村里到乡里的距离有多远。

但黄茅港有一个人想搞清楚我是谁？我来自哪里？我要到哪里去？他是我的四世祖，漆黑的祖宗牌位上称他为伯南公。伯南公从小读书，他读的不是西方哲学，而是诸子语录。他是一个读书入迷的人。他白天读晚上读，倦了就趴在铺盖上睡一下。时间最长的一次外出游学，他整整一个夏天没有安稳地睡过一觉。以致他母亲悄悄地塞在铺盖里的一大块咸肉变成了臭肉，又变成了蛆虫。第二年的春天，他成了秀才，他是村里开天辟地以来的第一个秀才。

成了秀才后，他还是读书。不过他的书中除了孔子曰、孟子曰，还有一些别的东西。他眼中的书不仅是一句句的语录，也不仅是一篇篇的文章，而是一条江、一座湖。他读那条江那座湖的源远流长，读那条江那座湖的奔流不息，读那条江那座湖的周而复始。他在思考，一条江一座湖的历史，无非是一波一波浪的历史，这一波一波的浪开始时，它们只是一颗水滴或一片雪花，它们借助一座山的收容，借助一条谷的汇集，让它们流成了险滩，流成了渡口，流成了商埠……

读着读着，他读到了一个问题，江湖有源，而我呢，我是谁？我来自哪里？他翻开族谱，读到了一段史实：他这一支，是随母改嫁的外来者。外来者兄弟两人，一个叫学文，一个叫学武。他们不姓许，而姓周。一条江的一次泛滥，让他们的族人漂泊流离，有人在漂泊中不知所终，有人在漂泊中学会了弯腰……那次漂泊，我祖上的祖上的祖上，由周姓成了许姓。但他们具体是哪一年、从哪里来到黄茅港，书中没有记载。读到这里，伯南公本来可以选择沉默，因为他这一支本来就已沉默了一代又一代，沉默能得到和谐，沉默能得到读书必不可少的安宁，但伯南公没有沉默，他选择了发声。

他发声的第一步是复姓。复姓是一件大事，它意味着一个家族的分裂。它不像一株嫩苗长出两根枝叶，两根枝叶能让一根嫩苗更加稳定，它更像一根成材的树干，突然从中裂开了。分裂的过程痛苦而酸涩，充满了斗争，也充满了悬疑，据说还惊动了官府，黄的白的沉甸甸地一包包送进官衙，换了官长一句轻飘飘的承诺出来。官司打了多年，许姓的财产和周姓的财产几乎都成了县太爷的财产，后来许姓和周姓都不打官司了，一场官司，村里已像野火肆虐过的原野，只剩下深藏在草木根部的一点生机，他们明白了官府的可怕，也明白了分裂的可怕，他们达成了和解。山、水、田、地、房产和平地分割开来，两个姓开始了新的生活。

到我父亲这一代时，祖宗牌位上，伯南公的后面，又增添了五排名字，一直排到了我的祖父辉初公。排到我祖父有多远呢？一下就跨过了清，跨过了民国，跨过了新中国，一直跨到 2015 年。2015 年那年，父亲重新做了块祖宗牌，把我祖父那一代慎重地刻上去。公祭时，父亲那一辈的老兄弟突然想起了伯南公的人生之问：我是谁，我来自哪里？伯南公用一生中最宝贵的一段时光，恢复了自己的姓，但没等到找到自己的源头，他就成了祖宗牌位上的一个名字，他解决了他的问题的一半，但他的问题的另一半，还在祖宗牌位上悬着。

2015年的春天，我父亲和他一辈的兄弟，启动了伯南公另一半之问：我来自哪里？

数代的事，不知多少年的事，放在一条时光的河里流，只是一瞬间。一瞬间，一个人便完成了童年、少年、青年、壮年和老年；一瞬间，一个朝代便完成了兴起、衰落和湮没。而数代的事，要放在一年去理、去寻找，那时光就慢下来了。慢得跌跌撞撞，慢得一步三回头。

寻找时，第一次回头是在周君保。周君保是一个人名，也是一个地名，这个地方只有一个周姓。周君保是这个家族的源头，他是一个人，一个从江西一直漂泊来的人。漂泊到中洲的宝塔村后，他看到了一片广袤的荒地，他不走了，他在这片荒地上扎下了根，一扎就是几百年。几百年间，他的血脉在这片土地上延伸，荒地上建起了一大片的房子，大屋里传来朗朗的读书声，小道上，有人挑着货担、粮食匆匆赶路……一代代人的传奇经历衍生出一个个耕读传家的经典故事。周君保的族长很慎重，当着我的父亲、正大伯、清波叔、新生叔、麦克哥的面，将一本本包装精美的族谱拿出来，翻开，翻过五十年，翻过一百年，翻过二百年，一直翻到最后一本，大家放弃了。这里面没有一个故事里，记载着一个妇人带着两孩子改嫁许姓的记录。

寻宗队伍回到了原点，回到了黄茅港。一个妇人，带着两个孩子，在饥饿的情况下，她能走多远呢？他们确认，先祖来自临近市县，不是江西，就是湖北，湖北的可能性大一些。从湖北过来，需要跨过长江，跨过长江就到了洞庭湖，你难以想象，一条江和一座湖连在一起，它的势力范围有多大。一个受灾的灾民，她能去哪里呢？她是跑不过一条江和一座湖的势力范围的。

寻宗队伍沿着湖走，走过湖就到了江。一条从雪山来的江，一条穿越了高原的江，一条把唐宗宋祖、李白杜甫都放在浩浩荡荡的波浪中奔涌的江，它没有理由拒绝这支小小的队伍。这支队伍不想取一片地、一湾水、一滩沙，他们只想要一个真相，一个模糊了几代人的真相。但迎接寻宗队伍的不是真相，而是失望。在"浪淘尽，千古风流人物"的赤壁，他们只听到相隔了千年的涛声，只听到那个时代为了正统、为了道义、为了尊严发出的压抑的呐喊，他们要寻找的人、要寻找的事都在奔流的江水中，在沧海桑田的世事轮替中一点点挥发了。

经过两次无功而返后，寻宗队伍通过网络查询，在监利找到了毛市镇，在毛市镇找到周家湾，在周家湾找到一个叫周玉新的睿智老人。谁都没有想到，几代人灵魂里渴望而不能得到的东西，以一种完全意想不到的方式来到眼前。几代人做不到的事，竟然被玉新老人做成功了。玉新老人家里收藏着完整的周氏族谱。他翻完新谱，再翻老谱；翻完老谱，再翻精心收藏的祖谱。他翻过来翻过去，终于在祖谱里，他找到了一段大意如下的文字：康熙年间，一个叫绍仲公的人，壮年早逝，妻袁氏携二子学文、学武远嫁岳州。读到这里，寻宗小组每一个人都很激动，仿佛一滴水找到它的源头，仿佛一片云找到它的归宿地。这段短短的文字，每读一遍就让人有一股酣畅淋漓的快感，仿佛一股强劲的生命力愉快地从血管里流过。

长达大半年的寻宗之旅到此收笔，监利荷花池周氏祠堂沉重而硕大的门开启了，开启的还有一个宗族的记忆。在荷花池祠堂，寻宗小组看到一条清晰的血脉，它从遥远的岐山周原起源，它有时以后稷为名，有时以文王为名，有时以武王为名，它一路奔流，流过姬水，流过岐阳，流过丰邑，流过镐京，再化为千万条支流……尽管它的名字不断变更，但它超越地域超越历史超越时空的精神一直在华夏、在世界的星空辉映。

2019年10月2日，监利荷花池族人四十多人驱车东来，赴一场迟到了三百多年的约会。他们携来了一条矫健的黄龙。他们就在黄茅港周许屋场的晒谷场上舞那龙，把三百年来的记忆融入龙的盘旋中，把三千年来，一条江的奔腾融入龙的翻腾中。龙盘旋着、翻腾着，它竭力让人们明白，循着这条江西北望，依次是荆江、岷江、金沙江，一直到唐古拉山、青藏高原，那里是江的源头，那里是华夏文明的源头，荷花池也好，黄茅港也好，都是这条江的一段……龙盘旋着、翻腾着，它竭力让人们明白，一条江流过一千年一万年，还有力量冲关夺隘，是因为它的血管里，不仅有高原的力量，有雪的力量，有风的力量，还有千百个荷花池、千百个黄茅港在不断地为它注入源源不断的动力。江来自遥远的雪域，但所有的港湾，都是它新的起点。

　　一次寻宗，黄茅港人不仅找到了源头也找到了出发点。伯南公有知，应可无憾。

老屋

老屋还在，它很老了，已届古稀之年。

在我们单位，对年满花甲的人一律称为老同志。古稀之年，他早就不用工作了，他的工作是休养，他还是属于这个单位，在单位的通讯录上还能找得到他的名字。每年，他还要参加几次单位的活动，有的活动是钓鱼，有的活动是门球赛，有的活动是参观。单位有责任想办法让他们的日子充实起来、高兴起来。

老屋享受不到老同志的待遇，它还是那几扇笨重的门，还是那些粗糙的木窗，还是泥砖墙和老式的青瓦，只是七十年风雨的侵蚀，门上刻满了印痕，窗棂上挂着蛛网，泥墙上密布昆虫的空巢……在村里一阵风立起来的洋房面前，它像一只淋湿了的小鸡，缩在角落里颤抖。风过来，会吹落几片瓦，雨过去，会掉下几块泥。它真是老了，老得完全没有了一幢房子的样子。在它倒塌前，父亲将它转让给了同村的村民。

换了主人的老屋，进行了较大的修缮。内面的墙上刷上了石灰，地面抹上了水泥，屋顶更换了红瓦，经过老屋时，就多了一些陌生。老屋的大门有时是开的，但我们再不能随便走进去，我们只能从门前走过，像一个从未到过老屋的人一样。经历过那么多年，老屋头上的那片天空依然那样平静，仿佛这里什么都没有发生过。只有我自己知道，每经过一次老屋，我的心都要被一根坚韧的线重重地扯一下。我似乎能听到老屋的喊声，它让我记忆深处的某些东西立即起了回应。

不用回头，我就能感觉到老屋的灶膛里，那按时燃起的熊熊火焰。厨房的门敞开着，一眼就能看到奶奶正一边咳嗽一边往灶膛里添柴草。大门对面的菜地里，祖父正一边咳嗽一边抢着一把沉重的锄头，不紧不慢地翻地……

西厢的门开着，靠窗的墙边，摆着一排鞋子，依次是一双草鞋、一双胶鞋、一双布鞋。这都是祖父最珍贵的资产，不是鞋子珍贵，而是必不可少。

祖父最初是穿着草鞋出门的。那年他十四岁。出门的路弯弯曲曲、泥泞无比，一双草鞋载着一个像黄茅港的天空一样广阔的梦，踏上弯弯曲曲的路。路的那头，等待祖父的是一个陌生的村子和一个有名的缝纫师。祖父穿着草鞋，用三年时光，走完了从一个面黄肌瘦的少年到一个知名缝纫师的路。三年里，在陌生的村子里，他每一天比师傅起得早，比师傅睡得晚。三年里，祖父学会了师傅的绝活：不论顾客是瘦的、胖的、高的、矮的、驼的、佝偻的，祖父看一看、量一量，用尺子在布料上画出一道道直的弯的线条，裁剪成一片片的布料，上机车好，熨烫后一试，保准贴身合体。三年学徒，祖父还学到了另一门绝活：做人。学徒，除了不懒、不贪，还必须规矩。走路有走路的规矩，说话有说话的规矩，吃饭有吃饭的规矩。祖父学到的最大的规矩是与人为善，尽量为东家省时间、省工资、省伙食费。让东家花最少的钱，做最多的衣。这种坚持，让他的日子紧张而忙碌。他超常的付出，在乡里立起了与众不同的口碑。

到祖父穿上胶鞋时，他已不是一个孩子，而是一个有名的缝纫师了。在黄茅港，祖父是起得最早的人。每天蒙蒙亮，一声咳嗽，祖父醒了。祖父醒后的第一件事是开门，推开那扇笨重的门需要花费半碗饭的气力，门开始是抗拒，抗拒不过就尖厉地叫喊，叫声中，门开了；叫声中，黄茅港也醒了。叫声中，祖父挑着那部笨重的缝纫机走出了门，无论门外是风还是雨，他一步就跨了出去，跨得外面的风雨一缩。

二十一岁时，祖父已穿上布鞋了。布鞋是祖母一针一线做成的。他不再是一个人，而是一个家。穿上了布鞋的祖父总感觉家太窄太小，放置下他的缝纫机后，就没有地方放置他心中的梦想了。他的梦想是一个更大的家，一个可以无比舒适地躺下的家。

二十三岁那年，他立誓做屋。现在的新式建筑工地，建房像搭积木一样轻松：钢架是预制的，墙是预制的，先搭好架子，再一层层焊，一层层拼接就行了，过程单调而生硬。但祖父做屋，是他人生中最激烈的一场拼争。他拼了三年，一年一根根集聚木料，一年一点点拓宽地基，一年一批批烧制砖瓦，做屋的过程如信徒的朝圣之旅，一个信徒，历尽千辛万苦，只为一次长跪一次膜拜。

在人生的二十三岁那个驿站，祖父做了一幢房子的信徒。我见过叩长头的信徒，他们先站着，双手合十，用指尖分别碰头顶、鼻子和下巴，然后跪下，手扶衬垫在地上划一个弧线向前扑倒，然后起身，向前走几步，再重复一次。一次次重复，他就一点点朝着一个方向靠近。这需要的是一种水滴石穿的韧劲。一幢房子需要的东西太多，而祖父什么都没有，他只有一种韧劲。他首先找到的是那根硕大的横梁，梁开始是一根原木，他请人从遥远的山里运回空空的屋基。运回后，削去了枝干，它就成了一根梁。祖父对着梁朝也看，暮也看。有了这根梁，他心中的正房、堂屋、厢房、厨房就全有了。历经三年，他完成了对一幢房子的朝圣，一幢十二间的大屋在村西立起来了。这幢被村里人称为新屋的大屋，为祖父的余生撑起了一片温暖的天空。

记忆中，东厢堆满了农具，靠东的墙上挂着一件粗糙的蓑衣。这件蓑衣为祖父抵挡了多年的风雨。这些风雨有的来自黄茅港的天空，有的来自祖父的心空。六十一岁时，祖父失业了。他看不清针眼，也熬不得长夜了。他再不接缝纫业务，他把顾客完整无缺地交给了我的父亲。失业后，祖父的名字与一块八分的田和一块一亩六分的地联在一起。西厢安静下来，那台老式的缝纫机停止了工作。祖父缝布料的手拿起了锄头和镰刀。

　　不误农时，是一个农民一年中念念不忘的大事。每到初春，爷爷就会把搁置了一冬的农具一件件找出来，拭去灰尘，该整修的整修，该更换的更换。做这些事时，爷爷如同过年敬灶神、敬土地、敬山神一样，神情严肃、庄重。那个时代，村子里不通电，看不到电视，听不到广播，看不到报纸，爷爷对农时的把握全凭经验。脚板对土地的感应，山上鸟儿的鸣叫，阳光照射的轨迹都是爷爷了解节气的途径，什么时候育种，什么时候播种，什么时候收割，历历于心，从不失误。

　　每天，他一大早起床，在咳嗽中操着农具，顶着风、冒着雨，戴着草帽或披着蓑衣走向他的田、地。农民以土为生。拥有了一块属于自己的土地，农民就有了生存的根基。老家属于丘陵地带，水网密布而田地极少，是典型的"三山六水一分田"。人均下来，不到五分田、八分地。分到爷爷奶奶名下的就只有八分田、一亩六分地。这点土地的产出，养活一家人是办不到的。爷爷不得不把眼光投向房前屋后、荒山野岭。一到农闲，爷爷就扛着把大锄，带着镰刀，在祖传下来的、长满密密麻麻野竹的荒山上忙碌。开了荒，荒了开，最后，那长势旺了无数代的野竹硬是不见踪影了。一株株嫩嫩的豌豆苗破土而出的第一个春天，全村的农把式都如赶集似的聚集在爷爷新垦成的山地里，那一道道羡慕的目光，如同爱好老古董的收藏家欣赏一件稀世青花瓷一般，不忍移开一秒。爷爷垦出的荒地有近三亩。加上口粮田地，已是他可以承受的极限土地量了。荒地有了收获，祖父格外高兴，他庆祝的方式是买一个猪肚和一副大肠，灌上糯米，放一锅水慢慢地炖。从早炖到晚，猪肚、大肠和糯米就全熟了。太阳落水，月上枝头时，祖父做的美食上桌，桌子就摆在东边的厢房前。祖父召集我们，一起分享收获的快乐。猪肚、大肠、糯米的香味一起在夜色中飘荡，最后定格在记忆里。

东厢的阁楼还在。楼板是一块块厚实的松木。爬上阁楼，拂开密布的蛛网，可以看到一个特大的木箱，木箱里收藏着一张精心保养过的渔网。这是祖父荒年谋生的工具。拿过针线的手，抡过锄的手，有一天，也会拿起网，在风雨中走向水流湍急的洞庭湖。洞庭湖有时慷慨，有时吝啬，有时网里是几天的伙食，有时只有一些乱糟糟的湖草。靠捕鱼不能解决太多的问题，祖父想到一个对付老天爷的办法：养鱼。他用一块山地和人换了一块不怕水淹的田，田只有八分，就在家门口。换好田后，祖父开始了田改鱼池的浩大工程。他像愚公一样，用早晚的空闲，把一担担田泥挑到田埂上。一担泥的重量比一担稻谷重得多，挑一担泥相当于挑两担稻谷。祖父一担担挑，一个个工赶，硬是把八分水田挑成了八分鱼池。鱼池挑好了，祖父的双肩上肿起了两个像梨子一样的大包。鱼池收了多少鱼，鱼卖到了哪里已记不清了，记得清的是，三年后，祖父又将鱼池改成了水田。他刚复原的肩头，又肿起了两个大包。

八十岁后，祖父的日子终于安静下来了，老屋也安静下来。屋里再没有缝纫机转动的声音，也没有农具碰撞的声音，偌大的老屋，只剩下他一个人了。他安静地活到八十六岁。祖父离世那年，我三十岁。一个三十岁的人是无法感受一个八十多岁的人心中的情感的。但隔着那座祖父亲自修建的坟墓，我能清晰地感受到祖父的存在。他种过的田、种过的地，亲手建成的老屋里，处处有祖父的印记。在我的心中，他是一个标志、一个和老屋一样硬朗地挺在风雨中的标志。

祖父离世后，我很少回黄茅港。那时，黄茅港只剩下白天了。一到天黑，家家关门闭户，只有狗的叫声还在宣告一个村子的真实存在。黄茅港的白天，田地里也很难看得到耕种的人，大多数黄茅港人离开了黄茅港，他们的日子在一幢幢高高低低的楼层里伸展或凋零。他们村子里新修的房子大多空着。

村子里空着的漂亮的房子，无论从哪个角度看，都只能感觉到生硬的冷。

港

港就是黄茅港。

港就像打着马步在村口的土墙上写标语的亚叔随手写的一捺：深深地楔进陆地的是捺的起笔，那里又细又窄，只能放得下一口水井；靠湖的那头是捺的收笔，那里宽些阔些，可以并排放得下四五条大货轮。

港又像大肚牯的角。大肚牯是黄茅港有史以来最雄壮的水牛，肚大、角也长。大肚牯早就死了，肉分了吃、骨熬了汤、皮卖了钱，只有角没人要，就被农把式学叔收藏了。学叔郑重其事地把角摆在堂屋里。学叔的堂屋大门正对着港，大水牯吃黄茅港的草长大，现在死了，学叔就要让它天天看得见港。大水牯死了之后，人们才发现它的角长成了黄茅港的形状：哪里弯、哪里直，哪里粗、哪里细，哪里风平浪静、哪里冲波逆折，无不惟妙惟肖、入神入骨，连复印机都复不出那种效果。

没有人知道港从哪里来。这一代的黄茅港人出生时，港就在那里了，上一代或上上一代黄茅港人出生时，港就在那里了。了解港的人都进了族谱，族谱像一座湖一样有很多支汊，一个支汊一个巴掌大，一块儿巴掌大的地方写着几代人的故事，要从那里找出港的历史就太难了。

港的不凡一股老儿集中在夏天展示。夏天是从学叔的一声吆喝声中开始的。太阳落水时，学叔的眼前就模糊了，他得过夜盲症，太阳一落水，他手中的犁就会偏离方向。他一声吆喝，把牛轭拉得吱吱叫的公水牯条件反射般地收回了前伸的腿，它的尾巴欢快地一甩，把一线泥浆正正地甩到了学叔的眉心上。学叔就扯起他标志性的破嗓子骂。他一骂，在田里地里吃得滚壮的鸡婆鸭婆摇着、晃着、叫着拼命地往家里跑。鸡鸭一回笼，黄茅港就热闹了。炊烟停止升腾，化成一线线薄薄的仙气在港的上空荡漾。家家户户的门前摆上了饭桌，饭桌上青椒和豆角、茄子、冬瓜、南瓜搭配的食物散发着特别的香味，如果再有一碗湖鲜，那个傍晚的氛围就更浓厚了。亚叔说，李白的诗中都找不到这样的场景。

湖和港隔开时，湖不管港里的氛围浓不浓、场景美不美，港也不去干涉湖的奔流。它们保持着一种心照不宣的融洽。但这种融洽往往毫无预兆地破坏。那一年的收割时节，湖不走了，它在黄茅港停了下来。最先传达信息的是学叔。那天清晨，学叔正在放牛，他的牛在堤外吃草，他在堤上看湖、看大货轮。大货轮很匆忙，他们拖着一道黑黑的烟，急吼吼地赶路。学叔不喜欢那种烟，那烟的尾巴就像亚叔写的"捺"一样，亚叔总爱将那一捺写成破笔，像一把破扫帚一样挂在墙上。看到这样的"捺"，学叔就要骂人，骂亚叔嘚瑟。那把破扫帚还没有在视野里消失，水就浸到了牛的脚下，水的目标不是牛，也不是堤，它们还在涨，它们的目标是堤后的港。学叔没心思骂人了，他赶紧扯着破嗓子吼。

那天，全黄家港的人跟一湖的水来了一场生死时速般的竞跑。我的祖父、父亲、母亲，以及十二岁的我在学叔的吼声中冲进港边的稻田里，整整两亩田的稻子已经泛黄了，沉甸甸的稻穗在阳光下散发着诱人的清香。再过两天，阳光就能把它们变成一年中最丰厚的收获。但它们没有机会再等了，湖来了，它攀上了堤，一上堤，港里的庄稼激活了它压抑了一年又一年的欲望，它兴奋起来，拖着整整一座湖冲过来。谁能抵挡一座湖呢？它冲过来，田垄不见了，庄稼不见了，一些树叶开始在水上漂，它们还不适应水，总想漂到岸上去，一个漩涡过来，树叶也不见了。祖父和父亲没有工夫去管身后的水，他们低着头挥着镰，他们在这块田里洒了一个夏天的汗，他们不能让汗水也化成漩涡。他们的身体起伏着，看不到镰刀，只看见一块块的水稻倒下去。我和母亲忙着收拾倒下的水稻，捆好一把，就往岸边的高地上运送一把。没运多少，稻田不见了，漫过来的是一片汪洋的水，湖和港已分不清了，它们连成了一片。收割好的水稻全浮在水面。祖父和父亲也不见了，他们潜在水下，还在不停地收割。我已忘记那些割倒的稻是怎么收回来的了，好像是学叔和学叔的牛帮了大忙。我也忘记那两亩稻到底收了多少，但我牢牢地记住了那片急速上涨的水。那是一片总是逆着人的意愿的水，你想向上，它偏要拖着你往下沉；你想向下，它偏要顶着你上浮；你想近岸，一个浪来，就拥着你漂到了水深处。深处涌动的水，有让你恐惧的、窒息的力量，那不是港能拥有的力量，那是那条从歌谣里、从传奇里、从经典里走出的湖的神秘的、可怕的力量。

在黄茅港，一场洪水，就意味着一次远行。每一个远行的黄茅港人都有一个不可触碰的故事，故事里有汗、有泪、有血，也有屈辱，他们小心翼翼地收藏着那些故事，就像收藏着一张张皱皱巴巴的浸透了汗水的纸币。只有忠文伯的故事坦坦荡荡，趁一场洪水，他一直跑到了东北。去东北的路无比遥远、无比艰难。渴了，他喝雨水、吃冰块，饿了，他吞棉絮、嚼煤块。他在东北找到了改变他一生的机遇，他参了军，上了战场，从白山黑水一直打到天涯海角。最后，他带着一身伤又回到了黄茅港，他不是一个人来的，还带着老婆和孩子。他说，躺在大城市的床上，他夜夜想的是黄茅港的山和水，想得晚上睡不着。政府把他一家都安置在县城里工作，三年后，他的老婆孩子离开了他，又回了大城市，他一个人留在县城里。

亚叔说，没有经历过一场洪水的人，不是一个合格的黄茅港人。亚叔的话年长的黄茅港人都不愿意听，亚叔跟年长的黄茅港人不在一个坐标上，因为村里只有亚叔是读古书的，他们都嫌他掉书包。年长的黄茅港人喜欢的是刀砍下来，伸长脖子硬顶的干脆。黄茅港人跟一座湖顶了一代又一代，黄茅港人漂泊了一次又一次，但他们从未向湖低过头、弯过腰。一场洪水，让他们家财罄尽，挺到水寒草枯时节，鱼游回了湖心，雁飞回了湖洲时，他们就走进了湖。湖从港里带走了一个夏天，现在，他们顺着洪水退下去的痕迹来了。痕迹里有港的印记，一篼稻、一棵树、一片瓦、一只鸭……它们在哪里停过、挣扎过，他们都清清楚楚。现在，他们不是来找这些停过、挣扎过的东西的，他们也不是来睚眦必报、秋后算账的，他们奔湖洲去，那里有漫天的苇林在等着他们。

经历过一场洪水，苇林显得很憔悴了，但芦花正是开得最灿烂的时候。风一吹，芦花就活跃起来了，它们开始只是东一簇西一簇地随风飘扬，慢慢地所有的芦花都参与进来了，它们像浪一样奔涌，把一座湖的活力都搬到了芦苇上涌动。人一进入苇林，他们就被浪一样的芦花淹没了。在风浪中挺了一个夏天的苇林接纳了在风浪中挺了一个夏天和一个秋天的村民。整整一个冬天，他们吃在苇林、住在苇林，一大片一大片的苇林被砍倒了，成了垛的样子，垛又码成了岸的样子，岸又连成了一片，一座和山一样伟岸的岸立在湖洲上时，一群衣衫褴褛、面黄肌瘦但神采奕奕的汉子走出了苇林，苇林上的芦花已涌不成浪了，除了外面一圈留着挡风的芦苇，里面的芦苇已不见了，那里成了片极大的滩，滩上的路纵横交错，全是砍苇人用脚踏出的新路。因为这些新路，那个冬天，就不再寒冷了。

我跟亚叔学过一阵书法。亚叔说，新手最难写的是"人"字。人字简单，上面是身子，下面是两条腿，但写好不易。上面长了不行，下面长了也不行；靠左了不行，靠右了也不行。亚叔说，黄茅港人一生下来，不仅有两条腿，还有两条路。一条是水路，一条是旱路。水道弯弯曲曲，时断时续，旱路歪歪扭扭，坎坷不平，哪一条都不好走。一个合格的黄茅港人最重要的是要守住上面的身子，风再大、雨再猛，身子不能歪，更不能倒。

那年的七月，洪水又来了。一直冲到我家老屋的台阶下。屋侧的树叶一片片落下，浮在水面。浮在水面的树叶呆愣愣的，不知漂向哪里。同时浮在水面的还有一张被我丢弃的成绩单。成绩单来自考场，成绩单上写着一个个数字，数字的大小能决定一个人的路。我丢弃的成绩单上的数字太小，有一条路像洪水一样被冲垮了。我收拾好简单的行囊，准备和一群黄茅港人踏上那块摇摇晃晃的跳板，跳板的尽头是一艘油漆斑驳的船，船摇摇晃晃，登上船的人，也注定将经历一段晃荡的历程，经历一个个不可为人触碰的故事。临上船时，祖父拦住了我，他说，堤垮了可以再修，稻淹了可以再种，一张试卷没写好，还可再写一张。祖父一拦，船老大开船了，我留了下来，转头走上了那条坎坎坷坷的路。第二年，洪水又来了，但我沿着新成绩单指引的路去了一座不远的城市，而我再也没有机会踏上那块跳板了。在我的经历中，它成了一块空白，一块让我常常感慨万千的空白。

一本正经写大字的亚叔不在了，不过他早就把自己写进了族谱。族谱上，属于他的空格里写满了字，年长的农把式不喜欢和他聊天，他就自己和自己聊，和他的下一代聊，聊黄茅港、聊"人"字，也聊洪水，把一本族谱聊得墨香四溢。忠文伯也不在了，他一个人在县城里一直坚持到动不了时才去跟老婆孩子团聚。临终前，他还挣扎着回来了一趟，看了看黄茅港的老房子，和老房子合了一张影。回去后，他自己没了，孩子们把他和他的老房子一起挂在墙上。学叔活成了一段传奇。在泥水里摸爬滚打一辈子的学叔最爱喝酒，喝完酒的他最爱举着鞭子骂牛，但他手中高高举起的牛鞭从来没有认真落下来过。黄茅港没有几头牛了，在田地里发威的不是牛了，变成了机器，几台机器就能对付所有的田地。没有牛的黄茅港在学叔的眼中黯淡了。他喝不下酒，吃不下饭，烟也戒了，去年夏天大病了一场，路也走不动了，谁都认为他挺不过冬天，但他奇迹般地在冬天复原了。他还是每天起床就扯着破嗓子喊，喊得一村的鸡鸭呱呱地叫。

港口，一条宽阔的大堤替代了矮矮的土堤，大堤拦在那里，洪水再也进不了黄茅港了。没有了洪水的黄茅港再也用不着跳板了，那块送过无数黄茅港人远行的跳板不知被谁收藏了起来。那年，村里最后一头老牛死了，有人把那块跳板翻了出来，用它炖了一锅牛骨汤，啃完骨，喝完汤后，它就像族谱里一段隐秘的过往，不去翻查，再没有人想起它了。

笛

和炊烟一样，伴夜色袅袅升起的还有那悠长的笛声。

笛声从村北那幢泥砖房里传出。这是村里最破旧、最低矮的一幢泥砖房。

和笛声一样，令这幢泥砖房在夜色中精神百倍的还有民那坚毅的目光。

二十一岁的民，最辉煌的经历不过短短的三年。笛声中，军营点点滴滴的回忆淌过夜色，由远而近，姗姗而来。如同离村不远的那座湖泊一样，军营既有浊浪排空的激荡，也有春和景明的宁静。唯一的遗憾是，日子过得太快，快得没来得及请一次探亲假，民就匆匆踏上了回程的路。民回到了原点，回到了这幢在风雨中飘摇的孤单的小屋。

民带回了整整三年的记忆，没有带回的是一个农民与生俱来的拘谨，没有带回的是那些令人热血沸腾的誓言。每天傍晚，民就用笛声越过千山万水，一遍遍在唇齿间咀嚼、品味那远逝的岁月。

民的笛声并没有在村里产生太多的影响，在村民的眼中，穿上军装的民和脱下军装的民有本质的区别。军装是村民衡量民的标尺。脱下军装的民除了眼光中时隐时现的令村民不爽的超然外，没有任何特别的地方。

和村民不一样，民在灵心中的位置随着那每晚响起的笛声在一点一点地提升，为了清晰地听到民那远距离穿越的笛声，灵常端着一只装满衣服的木盆，不顾肆虐的蚊子，长久地站在离民家不远的树下。一夜一夜，民总是用这种方式排遣心中的压抑；一夜一夜，灵总是风雨无阻地隐在一棵树后听与这个宁静的村子无关的笛声。

半年后，民的笛声消失了。正如民三年前离开村子一样，村民并没有感到任何不适。而半月后，人们听到灵也消失了，又听到其实民和灵是同一天消失的时候，村子里的寂静立时被打破，正如湖上的风，初起时，让人感到的是凉爽，但当它一阵阵叠加时，风和浪就连成了令人为之恐惧的风波。村里的风波一阵阵叠加，村民也一次次感受到了民的不同凡响，为之震惊的不同凡响。一夜一夜，人们都在传说着民与灵的故事中入睡，又在猜想着民与灵的结局中醒来。

我再见到民时，已是二十年以后了。那时，村里不再留有民和灵的任何踪迹，那些让村民念念不忘的猜想随着时间的奔流而消逝。但我见到民时，民不在村民传说的任何位置，而是在我工作的城市，确切地说是在城市的人行道旁的石凳上。民穿着军便衣，无所顾忌地仰面躺卧着，身旁是一个喝得一滴不剩的酒瓶。风吹过，民的长发顺风飘起，正如二十年前那幢矮屋里袅袅升起的笛声。

我最后见到民时，民已静静地躺在村里的坟地了。我见到的是孤坟上民的照片。没有人知道他死的确切时间，但人们都知道他死于醉酒。

民死时，灵没有来。来的仅是民的儿子。灵没来是因为灵早就和民没有任何联系了。

民的坟茔和民的老屋一样低矮。风过去，吹来四野的蝉鸣，也许只有蝉才了解民，知道他依然活在自己的梦里。

狗与猫

狗和猫几乎同时成为父亲、母亲的座上客。

先是狗来，一个星期后，猫也来了。

狗是一条特别的狗，雪白的毛，红红的鼻子，长长的尾巴，很健壮、很灵泛。找到它时，它正跟狗妈妈在风景秀丽的金鹦山公园蹦蹦跳跳地玩耍，对身边的一切都毫不在意。这条狗身上有一股天不管地不收的脱俗"气质"。这种"气质"的狗，完全对我的脾气，我想，把它送给在乡下居住的父亲、母亲，应该是个不错的伴儿。于是费了九牛二虎之力，狗主人抓住了它，它就这样成了我们家的一员。

猫是父亲自己找来的。它的主人是同村的村民，很硬朗的一家人。来时，它刚满月，瘦得像刚经历过一场百年不遇的饥荒。浑身上下，除了骨架，只有皮毛，更衬出它身上与众不同的一股硬气。

狗来时，很不适应，怕父亲、怕母亲、怕我、怕所有的人，也怕另类动物，一只鸡也敢冲着它扑翅膀。它对付一切人、一切鸡的手段就是躲。

猫来时，除了怕父亲、怕母亲、怕我、怕鸡，还怕狗。它对付一切

114

人、一切鸡和那只狗的手段也是躲。

原以为，家里多了一条狗和一只猫，会热闹起来。完全没有预料到，一条狗和一只猫的加入，家里还是那样安静。白天，你看不到狗，也看不到猫。狗躲在沙发靠墙的空隙里，猫则躲在杂屋空着的灶膛里。

父亲每天为狗买一叶猪肺，每天为猫准备一点鱼杂。母亲每天将猪肺和鱼杂煮熟，再和着热米饭分装在两只饭碗里。两只碗一只摆在狗躲藏的位置，一只摆在猫躲藏的位置。狗和猫一样，要等父亲、母亲离开了才肯出来进食。一听到动静，马上离开饭碗，躲回原处。父亲、母亲叹息着说，养过那么多狗和猫，没见过这样怕人的。

养了两个多月，狗长大了，毛色也更好看了。猫也长大了，长胖了，像一只猫的样子了。它们已不怎么怕父亲、母亲了。父亲外出，狗会跟一程，跟到它自认为合适的距离，狗就回来了，不远跟。猫在吃猫食时，对慢慢走近的母亲不躲了。这让父亲、母亲多少得到了一点安慰。

但它们还是固执地和人保持着距离。不论是谁，都不能零距离地接触它们。它们不能接受他人甚至主人的抚摸，对主人亲昵的召唤无动于衷。它们不像那些受宠的狗和猫，主人一声召唤，马上摇尾向前，绕膝求怜。

我开始研究起这条特别的狗和这只特别的猫来。狗的特别，可能和它生长的环境有关。狗出生地是金鹗山，山有势，是岳阳城中海拔最高的山，"气蒸云梦泽，波撼岳阳城"之境尽收眼底；山有气，山上建有文昌阁，文人墨客接踵而至，吟咏唱和，充满了翰墨之香，忧患之气；山有灵，山上也建有庙宇，少不了晨钟、暮鼓、经声，也多少有些灵气。沾染了山的势、山的气、山的灵，听惯了晨钟、暮鼓、经声、涛浪和文人墨客的应和，狗自然有了"扩我胸怀，养我浩然之气"之奇遇，性格中多一点"孤傲"是必然的。

猫出生的家庭，是村里家风最淳朴的家庭。男主人因为老实，过去时没少挨过整。数十年风雨变迁，村子大多数家庭外迁，要么庭院荒芜，要么房屋易主，只有这家，还顽强地守着几亩田、几亩地，日子清苦，但家庭成员离少聚多，是村里最经得起风雨的一家。生活在这样的家庭，猫也不知不觉间有了几分硬气。

孤傲的狗和硬气的猫，生活在同一屋檐下，应是格格不入的。开始时，猫怕狗，看见狗就躲。后来，就对狗凶。狗倒大度，不怕猫，也不在乎猫凶。猫来来去去，它视若不见，不招也不惹，有几份大哥之风。自古猫狗不同灶，猫的饭碗一般搁在灶台上，怕狗抢。但母亲没管那么多，两个月后，狗和猫不再躲家里人时，母亲就把狗和猫的碗摆在一起。开饭时，总是狗先吃，狗吃完了，猫再蹑手蹑脚去吃。狗没有吃猫食的念头，它很自觉地吃属于它的那份猪肺拌饭；猫也只吃自己的那份鱼腥拌饭，没想去招惹狗。它们就这样在特立独行中保持着那份微妙的距离。

缩短这段距离的是天气。天冷下来后，父亲不忍让狗在寒风中睡在门口的走廊，用一个纸箱给狗做了个简单的窝，放在屋后的院子里。纸箱很大，在一侧开个门，敞着的顶上加一层纸板，内面放一件旧棉衣，一个舒适的狗窝就做成了。狗很灵性，知道是为它做的，毫不客气地住了进去。几天后，天气更冷了，猫在烟消火灭的灶膛里待不住了，也无所顾忌地住进了狗窝。父亲和母亲发现猫和狗平和地躺在一起时，把它作为一个"特大新闻"，特地打电话告诉我们。我倒不觉得奇怪，性格奇特的人，往往和性格普通的成不了朋友，但相互间，却极易成为朋友。如竹林七贤，脾气不是一般的怪，不是一般的硬，而他们却长期在一起喝酒、论文、评天下人物，那是史上大放异彩的集会，想一想都令人神往。性情奇特的狗和猫，平安无事地躺在一起，只怕也是因为这种怪怪的惺惺相惜。

但我还是很不爽。总觉得这样的狗和猫太另类。它明明知道你的身份，就是不跟你套近乎。一条拒人于千里的狗和一只躲着家人的猫，打不得、骂不听，越想越别扭。

狗倒很坦然，你高兴时，它是这样；你不高兴时，只要不侵犯它，也还是这样。它站着或躺着，一只眼有意无意地扫你一眼，一察觉你有不利于它的动作，它就快速逃离。它决不纠缠你，也决不肯让你摸摸它的头。它极少外出，白天就在屋边跑动，或在大门口休息。晚上，就睡在院子里的狗窝里。一有动静，它的反应也很迅速，站起来吠几声，不偷懒。猫则成了父亲、母亲的宠猫。因为家里的电器被老鼠祸害得厉害，猫的到来，一直困扰着父亲和母亲的鼠害终于控制住了。

狗犯过一次错，它一时性起，咬死了邻居一只冲它扑翅膀的鸡。母亲指着它的鼻子骂，说再咬鸡时，就把它送到洞庭湖的船上去。这次狗听进去了，再也没咬过鸡。

当我们一家，差不多在别扭中接受了这条性格特别的狗时，狗却失踪了。整整三天，狗没回家。无论母亲怎么唤，也不见狗的影子。我们以为，不是被人盗卖，就是被人收养了。但第四天，母亲发现猫也不见了，母亲急了，四处去找，找到屋旁的一堆劈柴旁时，细心的母亲发现了柴缝里露出一条猫尾。拨开柴堆，母亲看见，猫紧紧靠着狗睡在一起。狗已一动不动了，狗屁股后面，是一堆凝固的血。而猫没有一点挪动身子的意思。

狗就这样死了。很可能死于狗犬瘟热。但我认为，狗死于它的性格，它如走出来求助，或许是有救的。但因为那份与生俱来的、不愿求助于人的"孤傲"，它在安静无助中离开了这个世界。作为一条狗，在一个不能受宠的世界里，以这样的一种方式离去，或许不失为一种解脱。

狗死后，一家人郁闷了很久。尤其是我，更是陷入了深深的自责。

它其实是一条很尽责的狗呢，它只是没有逢迎的习惯，它只是没有乞求的意愿，它并没有给家里带来多少麻烦，它一直小心翼翼地坚守着自己的那份独特。而我，怎么就不能心无芥蒂地接纳这样的一条狗呢。

狗死后，猫坚持睡在狗窝里。它有时也去柴堆下睡睡，它仍然没有忘记那条和它有相同性格、给了它最初的温暖的狗。

铁匠铺

村里早就没有大树了，一棵都没有。没了大树的遮挡，正午的阳光从老远的天空兜头兜脑地倾泻下来，溅起一片浮动的热浪。这个时候，家家户户都在敞着大门睡午觉，泥巴路上，只有建大伯的脚步声在啪啪地响，溅起的灰尘比热浪还要高。这时，如有人打招呼，耳背的建大伯总是回一句："是咧，我要去打铁。"不管谁叫他，他都这么回。

建大伯粗手大脚，孔武有力，天生就是打铁的坯子。建大伯什么时候学打铁的已没有人搞得清了，但他现在的行踪村里人却一清二楚。他每天都是两点一线，不在家中，就在铁匠铺。在建大伯心中，家是吃饭、睡觉的地方，只有迫不得已才去吃饭、睡觉。打铁才是正业，才能让他在火热的夏天活得精神。

建大伯的铁匠铺就在村部小学旁的几间破屋里，破屋旁同样没有树，破屋里只有一座烘炉、一个大木桩、一个装满污水的大木盆、一堆焦炭、一堆废铁、几把破椅子、一块大黑板，这些就是一个铁匠铺的全部家当。除了屋顶正中的一只白炽灯，几乎所有的物件都是手工制作的。

顾客都是老相识。谁要打什么，不能跟建大伯说，说了也听不清，也不能跟建大伯的徒弟说，说了记不清，只能自己写到黑板上，写清楚打什么器物，什么时候要，写完了，落个名，你就可以走了。别指望建大伯跟你聊聊家长里短，聊也白聊，听不清，也没空听。也别指望三天两天就能拿到想要的铁器，建大伯有一个规矩，先到先打，后到的只能耐心等。建大伯的铁匠铺还有一个规矩，不谈价，所有铁器的价格都写在墙上，从来都是一口价。只有五保户例外，五保户不收钱，而是以旧换新，拿把旧菜刀或旧剪刀，可以换把新菜刀或新剪刀。

建大伯打铁是得了真传的。风箱拉起，一块锈迹斑斑的铁块扔进炉膛，火苗一蹿一蹿中，建大伯的眼睛一眨不眨地盯着慢慢变红变亮的铁块，一到时候，建大伯的左手铁钳快速夹起铁块，移到大木桩上的铁礅上，右手小铁锤轻轻地敲，带动徒弟的大锤上下飞舞，一块锈铁一次次拉长，一次次扭曲，一次次折叠，在铁锤的击打中慢慢变成犁、耙、锄、镐、镰，变成菜刀、砍柴刀、杀猪刀、砍骨刀，变成门环、门插、钢钎、铲子……

汗水飞洒中，建大伯突然大叫一声"停"！徒弟果断地停住了大锤，建大伯飞快地将手中成型的菜刀、砍柴刀、杀猪刀、砍骨刀伸向盛满水的大木盆，"滋"的一声，黝黑的铁器上泛起一片白霜，建大伯的脸上，成年纠结的皱纹一条条舒展，眼中，凝成一线的眼光也一缕缕舒展，难得一见的笑容像炭渣一样乱七八糟地堆满一张古铜色的脸……这时，熟悉建大伯的人知道，这件铁器成了。打成的铁器经过回火、打磨后，建大伯总要在那张摇摇晃晃的竹躺椅上躺下来，高高地举着铁器，眯着眼，对着光看一阵，背着光看一阵，如果发现有一点瑕疵，建大伯会毫不犹豫地回炉重打。

完工的铁器一件件挂在墙上。铁器上，用干泥巴写着货主的名字。写名字的活照例由徒弟来做，建大伯不会做。不是不会写，是不愿意写。不愿意写的原因是心里别扭，因为一写上货主的名字，铁器就不属于建大伯了。如一个含辛茹苦养大的女儿，一朝出阁，就成了别人家的人。从此后，尽管身为父亲，也管不了她的祸福。这正是建大伯的痛点。

建大伯无子，却一连生了七个女儿，女儿一个个长大，又一个个出阁，最后就只剩下建大伯和老伴。但建大伯的日子似乎并没有受到明显的影响，女儿们走了，还有铁匠铺。一到铁匠铺，建大伯的身上就充满了力量。铁匠铺里，被岁月涂满印记的墙上，一件件铁器，刃口散发着一丝丝冷艳的光，这样的铁器是经得起任何风雨的侵蚀的。凭着这门手艺，建大伯的名声越传越远。有一把建大伯打的锄头，是远近农把式们最上心的事。那个年代，在这个破残不堪的铁匠铺，建大伯有滋有味地活着，活得像一个头面人物。村里的头面人物一个个红了又落魄了，只有建大伯，一直挺立在村口的铁匠铺里，像一面永远不倒的旗帜。

铁匠铺的炉火还是不能永远迟滞建大伯的衰老。村里收割、翻耕机械化后，建大伯伟岸的身躯无可阻挡地佝偻了。让建大伯快速衰老的不是铁匠铺里的劳动强度，而是铁匠铺的快速衰败。建大伯早就不靠这个铁匠铺生存了。七个女儿，一个比一个有出息，建大伯的衣食早就没有后顾之忧了。打铁成了建大伯后半生的精神寄托。建大伯不能想象，不打铁了，活着还有什么味道。铁匠铺的衰败始于对建大伯无限推崇的农把式们的衰老。倏忽间，这批农把式一个个都抡不动建大伯的锄头了。新一代的农把式主业不在农村，而在大城市大大小小的店铺或工厂里。凭几亩田地里的出产，远远不能满足一家所需时，农业成了农村的副业。新一代农民根本就没有耐心花十天半月来等一把锄头。街上的农资店里什么都有，随时可以买到锄头，而且那里的锄头更锃亮，也更便宜。至于农资店里的锄头耐不耐用，能不能达到建大伯铁匠铺里锄头的标准，他们已不太在意了。因为他们使用锄头的机会已很少很少。

建大伯忧虑的还不是主顾少了，他忧虑的是铁匠铺招不到徒弟了。成年挥汗如雨的铁匠铺所获有限，劳动强度却是最大的，让年轻的一代望而却步。这对建大伯的打击几乎是致命的。建大伯以前也招过几个得意的徒弟，但他们领悟力有限，自己的绝艺，淬火、回火的心得一直没有传下去，不是不传，是这绝艺只能悟，说不明白。火候全凭一双眼，迟一点早一点都失之千里。一个铁匠，尤其是一个极有心得的铁匠，他的心得竟无法代代传承，就像一个没有儿子的硬汉一样，他优异的基因只能被时光一点一点地剥落，在风雨中化为尘泥……这也成了建大伯揪心的痛。

没了学徒的铁匠铺冷清多了。靠几个老友的帮锤，铁匠铺开一天、关一天地挺着。最后，不得不关门歇业。

建大伯死于冬天。确切地说是死于老伴的一个建议。立冬后的一天，建大伯的老伴对建大伯说："家里的菜刀用了多年，实在用不得了，明儿去买把不锈钢的菜刀吧。"话音刚落，建大伯的眼睛就翻了白。

标语

那时是有家园的。

那时的家园离外面的世界很远。但外面发生了什么大事，村里人却一清二楚。紧紧地把家园和外面的世界联结在一起的不是柏油公路，更不是高铁，而是村口形形色色的标语。制定这些标语的是新叔。新叔是村支书，站在村口挂喇叭的大树丫上极目远望，看到的山山水水都是新叔的势力范围。新叔没读过书，会写的字不超过五十个，他的优点是会说，一开口就能镇住一片。

写标语时，必要先在泥砖墙上刷一层石灰，刷上石灰又刷上了标语的墙马上就精神起来，它的位置立即升到新叔的高度。和泥砖墙的位置一起上升的是写标语的亚叔。不写标语时，亚叔在村里和普通的泥砖墙一样毫无特别。但拿着特大号毛笔的亚叔，立即像换了一个人。亚叔写标语的气魄大，他不站、不坐，打着马步，像唱戏的武生一样精神。亚叔的字一个个写到墙上，雪白的墙便陌生起来，墙已不仅是一堵墙了，它成了一个会场的一部分。会标是墙上的字，开会的是一大群围观的村民，村民一个个望着会标，会议的内容便从墙上一段段地飘起来，飘进村民的眼里，飘进一幢幢村居，直到把一个村子塞满。新叔常在大会上表扬亚叔，说亚叔的字当得三十六个正式劳力，有气势、镇得住人。亚叔凭着一手好字，拿着村里正式劳力的调工，长年出现在各个村民小组的路口，更新标语，传达新叔的最新指令。

只有村部高墙上的那幅标语不更新。那幅标语是新叔的口头禅："宁要社会主义的草，不要资本主义的苗。"写这幅标语时，亚叔如同神灵附体，写得酣畅淋漓，一笔一画像新叔走路的姿势那样神气活现。这幅标语，为新叔添彩不少，赢得了一批批来访者的肯定。出尽风头的亚叔也赢得了村里其他饱学之士的艳羡。但普通村民并不如何艳羡，因为标语再有气势，再有水平，也当不得粮食，看完标语还得去找五谷杂粮填肚子，不然一家人就会挨饿。

亚叔的气势是和新叔的下台一起消失的。走路踢得死牛的新叔突然被免去支书职务。免职的原因是跟不上形势。下台的新叔成了一堵塌了的泥砖墙，他再也镇不住任何人了。他的声音再也没有在喇叭里出现过。新叔下台后，亚叔也恢复了普通村民的身份，他迅速地衰老了，不仅站不了马步，连站都站不起来了。

新叔下台后，怀叔当上了支书。怀叔膀阔腰圆，话如重槌，一句句落地生坑。怀叔上台后，村口的喇叭没有声音了，成了麻雀们的新居。怀叔传达指令的方式还是写标语。村部高墙上的标语更新了，写标语的换了汉叔，汉叔的书法不如亚叔，写不出神完气足的毛笔字，但汉叔会喷绘。要什么体喷什么体，让人挑不出毛病。汉叔喷绘的第一条标语让人一下子转不过弯来："您的要求，就是我们的优惠政策。"这句话肯定不是只读过初中的怀叔的原创。这句话让村民如丈二的和尚摸不着头脑。但没过多久，村民就懂了。怀叔的标语其实就是怀叔的施政方针，他为村里引进了三个公司：一个挖山打石，一个开山采木，一个围堰养殖。怀叔像港片里的明星一样，成了全乡各村书记艳羡的名人。

怀叔的下台同样很突然，这回的问题是理念。也有人说是村民告了状，告状的理由是怀叔崽卖爷田不心痛。接怀叔的摊子时，出了状况，几个村支部委员都没了当书记的热情，没有人去争、去竞了。原因是怀叔留下的摊子和新叔留下的摊子不一样。新叔掌权时，村里尽管赤贫，但有山有水有田，只要风调雨顺，囫囵过日子没问题。怀叔离任时，村里的山秃了，树没了，水也臭了，更麻烦的是还欠了一屁股债。

最后，乡里派来了一个大学生。大学生书记文质彬彬，还不爱说话。领教过新叔的独断，领教过怀叔的武断的村民，都为新书记捏了把汗。大学生书记爱写毛笔字，村里的标语都自己动手。他为村里写的第一幅标语是："既要金山银山，更要绿水青山。"这句话同样不是大学生书记的原创，但标语的内容村民或多或少明白一些。写完标语，他领着村支委成员和一批扶贫队员上了山，在山上立了一块木牌，上面写了四个字：封山育林。此后，新书记和扶贫工作队一起为村里修路、净水、植树、拆泥砖房、改建砖混房……他把一批离开村子多年的村民召回了村里，办起了绿色食品加工厂，把村民眼中土得掉渣的本地特产加工成了抢手货，销到了沿海的大城市。不几年，这个几起几落的村子就恢复了生气。直到这时，村民才彻底搞清大学生书记写的那些标语的深意。

写标语的亚叔死了，喷绘标语的汉叔老了。村里还残留着几堵亚叔写满标语的泥砖墙，它们木然地立着，风吹过来，雨刷过去，石灰和石灰上的墨汁一点点被清洗，被时间还原，显得异常苍老……

泥砖墙和它们身上模糊不清的标语一样，成了村民对家园的一个印记、一个越来越淡漠的印记。

第四辑　行走中的寻找

河姆渡氏族

　　河姆渡氏族很近，跨进博物馆的展厅，我一下子就跨进了五千年前。

　　迎面就是一大片房子，房顶没有了，墙壁也没有了，只剩下支撑房子的脚——一排排的木桩。房子的脚一律站在沼泽地里，没有整齐的队列，也没有统一的号子，它们用一种完全自由的方式，疏疏密密地站在那里。它们站在那里，那里就有一片房子的气场。

　　五千年前的房子是什么样子呢？那时是没有钢筋的，也没有水泥、砖块，只有森林。所以那些房子只能是森林的民生版。河姆渡人把一棵棵树从森林里抬出来，一直抬到他们喜欢的地方，山边、水边或是一处平坦的所在，他们开始在树桩上搭建他们的房子。河姆渡人心中的房子就是房子，就是居住的所在，没有前庭，没有后院，没有气派的门楼，就是简单的一横列或一纵列的格局，最讲究的，也不过是留了一处窄窄的走廊。房子是他们休息的场所也是他们防御的阵地，一幢站着的房子，隔绝了风雨，也隔绝了野兽，繁育的是他们独立的梦。

　　被建筑学家称为干栏式建筑的房子既是一个普通的家也是一个显赫的国。所有的决定都在这所房子里做出，谁狩猎？谁捕捞？谁耕种？谁舂米？这是河姆渡人每天要决定的大事。做出决定的是一位老祖母，她光着上身，牙齿大多不在了，她的话不像她摇摇晃晃的身体，而像这幢房子的主梁，有不可替代的支撑力。她可能没有乡下老屋里，摇着蒲扇、喝着浓茶、笑眯眯的老祖母的慈祥，她不可能有太多的耐心安抚那些异见者。她的嘴漏风，漏得很厉害，但她的意见像干栏式房子的榫卯一样，精准地连接到每一个家庭成员的行动中。

天亮了，那个世界永远只有两个时间维度：天黑或天亮。天亮的时候也是凶猛的野兽走出巢穴的时候，野兽除了天敌，还有它们共同的敌人，那就是住在干栏式房子里的河姆渡人。天一亮，河姆渡人就迎着野兽的吼声出发了。他们没有冲锋衣，一律光着上身，他们手中的武器不过是一根木棍或一块石头，但他们却迎着猛兽走去。森林对他们从来没有友好的时候，他们走进森林，森林里便会有一阵骚动。森林的面积太大，隔着五千年，我们难以想象里面的场景，但我们看到了河姆渡人身上的兽皮，看见一根尖利的兽骨被河姆渡人制成了长矛。一批河姆渡人走进森林，总有人走不出森林，他们成了森林的一部分，一棵树或树上的一片叶，再要不就是一只猛兽身上的一处毛皮。

也有人走向水。水已没有浩渺的气象了，几千年的变迁，那片水瘦成了一根带子、一根远看像水一样的带子。带子上漂着什么，像一片木板，也可能是一顶枯叶编成的帽子。水是生命之源，这片已经干涸了的水正是河姆渡人生命的源头。但这片水，曾一千次一万次侵袭过干栏式的房子。如不是支撑着房子的脚，河姆渡人早就在一个漆黑的夜晚成了水中鱼类的食物。走向水的河姆渡人手中有一些兽骨制成的鱼钩，鱼钩上一条肥壮的蚯蚓正在手忙脚乱地表达什么，但没有人愿意倾听一条蚯蚓的诉说。河姆渡人直接将钩着蚯蚓的鱼钩扔进了水中。水中马上就有了运动会的气氛，一些鱼抢着冲向蚯蚓，冲出水面，最后变成笑容凝固在河姆渡人的脸上。还有一些鱼挣脱了蚯蚓的诱惑，它们受到惊吓，消失在水面，但把一圈圈的波纹留在水面。现在水干涸了，波纹则把一条鱼的意象原封不动地印在泥滩上。

　　一架纺车孤零零地躺在角落里。纺车已和光着上身的老祖母一样苍老，它只是一架形式上的纺车，除了卷布棍、梭形器和机刀，其他有纺车特征的零件都没有了。但它躺在那里，那里便有了温暖。它的产品中应有一些被子，一床被子就能让河姆渡人的冬夜温暖起来。它的产品中还应有一些缝制简单的衣服。穿这些衣服的人都是谁呢？它可能是老祖母，也可能是最厉害的猎手，还有可能是对寒冷最没有抵御能力的婴儿。这架纺车的操作者应该就是老祖母，只有这样的一架纺车，她才能让全氏族的人改变对她的印象，让人感到亲切起来。

　　一只灯光下的陶罐让我的眼前一亮。这不是一只普通的陶罐，这只陶罐圆圆的腹部，刻着太阳、刻着森林、刻着一只不知名的兽。这只陶罐的附近还有一些精致些的陶器，陶器上的画更丰富，有猪、有鸟、有叶……他们似乎想把知道的一切都刻在陶器上。他们喜欢这个氏族，喜欢这样的生活，他们理所当然地把太阳、森林和兽当作他们生活的一部分。陶器上没有刻画爱情，在母系氏族干栏式的建筑里，有太多复杂的情感和复杂的关系被简化了，简化得只剩下了干巴巴的传说。陶器上也没有刻画战争，他们相安无事地在这片森林和这片水土旁寻找。他们学会了忍让和和平共处。他们也许从来就没有想过，可以通过消灭竞争者的方式来获得更多生存的机会。

　　在展厅的尽头，我找到了我想找的河姆渡人。揭开薄薄的泥层，考古学家看到他们安静地躺在泥地里。没有棺木，没有一层层华丽的衣饰，连包裹他们思想和灵魂的皮肤与血肉都在五千年的风云变幻中都化成了泥土。他们成了一具具残缺不全的骨架。从这些残缺的骨架中，从他们躺在泥地上的姿势中，无从分辨谁是首领谁是平民。一个凭勇气和勤劳维系繁衍的氏族，他们简短的一生，就这样清清楚楚地摆在展厅里。没有谁像显赫的帝者王者侯者一样，从生到死不是将自己关在宫殿里就是将自己关在楠木棺材里。他们是真正的和自然水乳交融的一族。

我在一只装满了鸡蛋的陶盆前长久地停了下来，这只陶盆可能出自一处葬坑，它可能是这处葬坑最贵重的陪葬品。盆中的鸡蛋已风化成了石头，但它们和这只粗朴的盆一样，仍然在不息地传递一种安详的信息。透过这盆鸡蛋，我们可以感受生者的从容不迫和死者的坦然无惧。

　　在展厅里，有数不清的脚在走，所有的脚都包裹在鞋里，这些鞋有名贵的也有廉价的，它们有的来自南方也有的来自北方，有的来自城市也有的来自乡下，它们从展厅走过，展厅便有了浓烈的时代气息。

　　这些气息和那只安静的装满鸡蛋的陶盆所表现的祥和，是那样格格不入。

天意木国

　　一株白菜静静地躺在展厅的一角，完整而青翠的叶子、不带一点污迹的雪白菜帮和菜帮上一只蠕动的青虫，显示它是被人小心翼翼地放在这里的。它应是这块菜地里长得最水灵的一株大白菜，它本来要被主人收进地窖或摆上餐桌，但它的主人突然想起了一件大事，匆匆离开了，这株白菜，就这样留下来，成为那只青虫的美食。躺在另一个角落的，是一根巨大的玉米棒。这是一根完全成熟了的玉米棒，包裹玉米蕊的叶子自然地张开了。它同样没有被主人带走，可能是今年玉米的收成太好，好到实在没有办法一次性全部带走收获。它躺在原野里，回顾或是遐思，百无聊赖间，它被人搬进了展厅。现在，它的生活丰富起来，可以回味原野，也可看一只只鞋子在展厅里走来走去。

　　那边有一群马。它们本来在一片草地上安静地吃草，不知什么原因，它们开始跑起来。最开始只是头马在跑，跑着跑着，一群马跟着跑，跑到后来，就只剩下八匹马了，这八匹马越跑越快、越跑越舒畅，它们忘了吃草，忘了为什么奔跑，它们就是那样跑着，跑出了节奏、跑出了力量、跑出了声势。翻飞的四蹄，由迅疾而舒缓；长长的马鬃，由凌乱而飘逸。它们不时发出一声快意的长嘶，它突然发现，这个世界上，有比吃草、嬉戏更重要的事，那就是奔驰，沿着自己向往的目标奔驰。它们从我们的身边跑过去，把风、草原和空旷的天空一起带走了。

再来看那把剑。这是一把外形粗朴厚重、透着古意的剑。剑的设计师应该就是剑的主人，他的剑没有按照寻常铸剑师的习惯，把剑柄、剑格、剑刃按标准的比例，设计成最流行的样式，这把剑只属于他个人。剑给人最深的印象是它厚而阔的剑刃，剑刃上闪烁着不同寻常的剑芒，这是一种能让所有的剑迷为之疯狂的剑芒，这样的剑芒能轻松地刺穿任何挑战者。剑的主人可能是一位闯荡江湖的奇侠，他在经历了无数场斗剑后，突然领悟了剑的品性，领悟了它的锋锐和厚重，他把一把剑最渴望的精神融入炉火、融入锤炼。他成功了，这样一把闪烁着锋芒的剑，足以让江湖为之战栗。

远处有驼铃声传来，我们首先看到的是一个穿汉装的人，他的身后是一支长长的驼队。驼队的尽头，依次是浩瀚的沙漠、广袤的草原、古楼兰的宫殿、汉时的边关和明月。走到那时，领头者已非常疲惫了，但他的脚步依然从容而坚定，没有一点拖沓。他的前面有一座城，城门敞开着。在他们之前，已有一队驼队走进了城门，他们开始交易，街头巷尾、营帐间、庭院里，一件瓷器或一匹丝绸，换来一大袋香料或一小块珠宝。交易完后，双方开始在树下联欢。这时，当然有色如琥珀的葡萄酒，也有精致的夜光杯。一群人在跳舞，一群人席地而坐。一个缠着厚厚的头巾的人不管这些，他在专心致志地摆弄两只瓷瓶，这可能是他那天最成功的一笔交易，他对这两只瓷瓶的喜爱，超过了美妙的音乐和美食。我看到驼队里，有人在这个难得的宴会上酣睡。丝绸之路，每一步都迎着风沙，这种短暂的安定，能让一个坚韧的人柔软起来。

……

所有的雕刻都在木头上进行，雕成一颗水灵的白菜还是雕成场景宏大的丝绸之路故事，完全取决于雕匠的灵感。

一根木头粗大些，上面雕琢着关隘重重的水泊梁山。木桥下是一泓深不见底的水。高处，分布着关隘和瞭望塔。一个粗豪大汉，举着双鞭，纵马从陡峭的山道杀出；另一个好汉，正挥刀指挥一群喽啰抵挡从水面杀来的外敌；还有几个大汉，站在高处，正悄声商量着什么，几个蟊贼的入侵，根本没有引起他们的注意。

一根木头一头翘起，一头平缓。翘起的地方，雕匠们把它雕成一个少女的头，乌黑的头发一泻而下，少女一手托腮，一手自然地放在身侧，目光柔和而亲切。她躺在这里，这片展厅里便有了一片宁静。这是一根极为罕见的阴沉木，通体黝黑，它原本埋在河道的污泥深处，一个极为偶然的机会，使它得以呈现在世人的眼前。它的前生，或许是森林中的一棵默默无闻的参天大树，也或许是一座巍峨殿宇上显赫的大梁，现在，它化身为一个恬静平躺的少女，再没有生长的急迫，也没有高处不胜寒的无奈，一片雨后的阳光或一抹艳丽的晚霞便能让她快乐一天。历经千年暗无天日的沉寂，她完全开悟了，再不去怀念伟岸，也不去怀念权势，她的目光里只有平淡和安定。

还有一根木头，表面坑坑洼洼，没有一处是规则的，工匠们没有刻意去改变它们本来的面目，只是为它梳理了一下，梳理的地方成了一位著名人物乱糟糟的胡子，胡子像瀑布一样垂下来，和两只高高举起的双手构成一幅气势非凡的人物特写。这位大人物可能是一个古老部落威严的主祭，也可能是一位诗兴大发不拘一格的诗人，他举着一双手，像托着一片天空。

有一些木头，因为太过珍贵，工匠们还没有想到一个万全的方案，就让它平静地躺在大厅里。

我们在一根硕大的金丝楠木前停下来，这根木头的表皮已经剥离了，经过简单的抛光，金丝楠木显示出它的与众不同的高贵，它在灯光下熠熠生辉，吸引着所有的来访者。难以想象，一根木头，会拥有如此夺目的色彩。生成这样一根巨大的楠木，不知需要多少个世纪的涵养，它经历过风刀霜剑，也经历过电闪雷鸣，它就这样从容不迫地迎着自然的风雨生长。它对大自然并没有特别的需索，就是一些阳光、一些土壤中的养分。它不过是给这些阳光、养分提供了一个通道，一个天和地相连的通道。没有人知道它的记忆里收藏了什么，它把看到的、听到的、想到的，全收进了一圈圈的纹理间，只有最有悟性的匠师，才能捕获它内心的波澜。

我们从那些步态安详的大象中走过，从凶猛狡诈的鳄鱼中走过，从敏捷多疑的猿猴中走过，一根根失去了生命的红木、楠木、阴沉木，以另一种形式复活了。它们的复活，不是因为它们的名贵，而是因为它们散发出的灵气。一次偶然的相逢，让它们记下了一头大象、一条巨鳄、一只猿猴的形象，工匠们把这个瞬间挖掘出来，它们就这样活下来了。

木头不仅有灵气，还有尊严。在益阳市天意木国，我们没有看见一根木头或一幅木雕下写着代表金钱的数字，也没有人特别提示。在这个国度里，展示的，除了木头本身，还有木头的历史和灵魂。

草原密码

烤全羊

一只精心烤制的羊，将呼伦贝尔大草原以一种悲壮的方式展示在我们的眼前。

看到那头羊前，我们脑海里的羊和眼中的羊是快乐而幸福的。它们成群地草原游走，吃自己最喜欢吃的草，追自己最喜爱的母羊，在一片溪水中看天空的云彩……它们似乎永远没有特别烦恼的时候，也永远没有特别憔悴的时候。我们看到那头羊时，它平静地躺在餐桌上，它的周边已不再是草和泥土，不再是柔柔的风和缓缓流淌的河流，而是一只只洁白的、冰冷的餐具。没有躺在餐桌上时，羊是草原的一部分，它们曾经装饰了这片广袤的草原，让草原充满了活力。现在，它躺在餐桌上，成了餐厅的一部分，它装饰了我们的餐桌，让餐桌焕发出一种从未感受过的吸引力。

和城里餐厅的鸡鸭鱼猪不一样，在游客的心中，端上餐桌的羊不仅是一道风味独特的菜肴，还是一个古老的民族的文化凝聚。散发着独特香味的羊肉，对游客内在的吸引力远远大过蒙古包、大过草原，也大过一只只鲜活的羊本身。

主人礼貌地制止了我们跃跃欲试的手，一番冗长的仪式随之开始。这种仪式在游客心中是可有可无的。但在草原，这种仪式却必不可少，原因是烤全羊的珍贵。在王爷统治下的草原，烤全羊是只有贵族才能享用的大餐。现在，王爷和属于他们的那个时代永远退出了草原，烤全羊走进了普通的蒙古包，变成了普通蒙古包菜单上的一道主打菜。没有了王爷的草原，草原人却总想把客人装扮成王爷，总想通过一整套烦琐的仪式让客人深信，自己的前生是一位高高在上的王爷。他们向客人献上哈达，一群草原俊男美女围着客人歌唱、舞蹈，他们通过这种必不可少的仪式来向客人表达，这顿烤全羊的珍贵和独一无二。在这个公众人物的一点点瑕疵都要被网民上纲上线的时代，游客对端居大帐、动不动就打骂牧民的王爷已不可能产生太多的敬畏，倒是牧民敬酒前敬天、敬地的礼节，让人油然而生感动。对天地大道的尊崇，是草原文明最厚重最能打动人心的部分。

冗长的仪式终于结束。一只只手、一件件餐具不约而同地伸向羊肉，每一个人都显得急不可待，仿佛桌上的烤羊会突然站起来，跳下餐桌，躲进茂密的草丛似的。很快，餐桌上就只剩下一小堆一小堆的羊骨和一只变得越发瘦削的羊头了。在一种仪式中享用烤全羊，是所有到过草原的游客的兴奋点。

没有一个人手中的餐具伸向那个系着块红布的坚硬无比的羊头，羊的脸已不完全了，眼睛没有了，原本是眼睛的位置空在那里。失去了眼睛的脸是无法显示任何表情的。尽管没有表情的流露，没有哀伤、没有恚怒、没有正气凛然的峻拒，长伸的餐具还是绕过了羊头。羊头成了一种象征，草原的象征。来自城市的游客，在大草原上一只孤零零的羊头面前，不可思议地感受到了一种力量、一种生命的力量、一种尊严的力量。

一只羊的成长之旅布满风霜。草原羊不仅要承受凛冽的风、冰冷的雨雪、不期而至的风沙和旱季极限式的干渴，还要逃过天空中窥伺的大雕和草丛深处孤狼的突袭。对这一切，羊无力反抗，它只能忍受，它唯一要做的是让自己强壮起来，强壮到大雕叼不动它，强壮到狼不敢轻易对它发动攻击。它们吃草、喝水、晒太阳，再静悄悄地将草、水、阳光一点点地变成羊毛、变成羊皮、变成羊肉，最终变成牧民血液中流淌的豪迈。

一只羊的成长支撑着一部草原的历史。羊是草原文明不可或缺的元素。羊和草原、草原民族是共生的关系。羊不仅见证着水草的荣枯，还是草原千年不散的号角的忠实听众。草原历史，没有一件和羊、水草无关。辽阔的呼伦贝尔是牧人成长的摇篮。一个个剽悍的民族，依靠丰茂的水草和肥壮的牛羊，在这里度过了他们柔弱的幼年、少年时代。在这片广袤的大草原，无论是部落内的争斗还是部落间的较量，最后都要归结到草场和牛羊的分配。草原民族可以放弃珠宝，可以割舍柔情，但是他们永远不可能放弃草原和牛羊。因为一旦失去了草原、失去了牛羊，他们就成了失去了双翅的孤雁，只能被茫茫草原湮没。

羊让牧民的生活如此绚丽。有了羊的草原才有大片的蒙古包，才有激情四溢的篝火晚会，才有慕名而来的游客。牧民的生活和羊息息相关。他们始终自觉地保留着对羊的尊重。一只初生的失去母亲的羊羔，几乎和牧民的婴儿一样，受到同等的照顾。他们用婴儿的奶瓶为羊羔喂奶，抱着羊羔睡觉。一年四季，牧民随羊群而动，不断地变更居所，寻找羊群必需的草场和水源。无论风晴雨雪，他们无怨无悔。在一个牧民的眼中，一只系着红布、庄重地摆上餐桌的羊是一种赐福。

晚上就睡在蒙古包里。夜幕垂下来，天与地的距离仿佛被夜色拉得近了很多，让草原的夜晚显得格外凝重。远处有熊熊燃起的篝火，有人围着篝火在跳舞，也有人在拉着声音独特的马头琴，还有人在唱歌。吃过烤羊肉、喝过草原烧白的喉咙吼出的声音，在夜色中格外苍凉沉抑，像在诉说一段厚重的历史，让人心绪瞬间受到感应。

篝火熄灭、歌声停息后的草原空旷而寂静。风从蒙古包顶拂过，偶尔有一两声狗吠远远传来，带来一些无从捉摸的深邃的草原信息……

蒙古包里挂着一个硕大的羊头，这应该是一头历尽沧桑的头羊，它从蒙古包里走出，走进草原，走进人类的血脉，最终又走进蒙古包。它的一切都来自草原，现在，它将一切还给了草原……

那晚，我的梦里，始终有一个干硬、瘦削的羊头，在草原上巡睃……

奔驰

我对马背民族的印象全来自成吉思汗的几场经典战役。那是一个英雄辈出的时代，那也是一个名马纵横驰骋的时代。隔着深邃的时空，从那个年代传来的胡笳号角，仍然让人怦然心动。

我是从枣红的身上近距离感受马背民族的。

枣红是一匹纯种的三河马，通体暗红，毛色鲜亮，雄壮无比。在短暂的现场训练后，我终于稳稳地跨上了马背。但在枣红迈开长腿开始跑起来的一瞬间，我对自己驾驭能力的自信立即烟消云散。草原开始摇晃起来，这是一种连同天地一起的摇晃。就像一个从未坐过船的人，突然置身在风浪中的小舟一样，完全失去了平衡感。我知道，这种不适几乎是与生俱来的，这是草原文明和中原文明排斥属性的一种顽固的遗传。

枣红很有灵性，感到我从手足无措到开始自控后，加快了奔跑的步伐。刹那间，一种强劲的驱动通过马鞍传导过来，我的身体开始不自觉地后仰。你难以想象一匹奔跑起来的马能带给你多么奇妙的感觉，你感到自己突然拥有了一种前所未有的力量，这种力量能够带动着整个草原一起冲刺、一起跃升。所有对草原的生疏感、陌生感，在枣红的跃升中一点点地消融，你甚至会产生一种错觉，感到自己也变成了一匹马，一匹正在征服草原的马。

枣红显然清楚我们访问的目的地，没有任何迟疑地发力奔跑，将向导的头马远远抛在身后。识途是一匹草原良马必须具备的素质。在遥远的古代，一匹识途的老马曾救出过一支军队，这是马在史书上最精彩的一次亮相。但我感觉到，枣红的突然发力并不是想早一刻将我送到那个熟悉得不能再熟悉的目的地，而是为了一个简单得不能再简单的目的——奔驰。进入匀速奔跑状态的枣红让人感觉不到颠簸了，有的只是快感，人马一体奔驰的快感。这种快感和以匀速飙车的快感是完全不同的。这是一种来自大自然的野性的快感，这是一种关在钢筋水泥的城市建筑里无法领略到的快感。

一声快意的长嘶后，枣红终于意犹未尽地放缓了脚步——我们的目的地到了。不远处出现了一个硕大的蒙古包。后面的访问者陆续跟了上来。我们扔下缰绳，走进蒙古包。蒙古包外，枣红和后来的几匹草原马安静地聚在一起，吃草或用马的语言交流。没有人指挥它们，但它们明白它们该干什么。

在蒙古包里，一个和善的老牧民接待了我们，除了一壶浓浓的奶茶、几块风味独特的奶糖外，让我们感到不虚此行的还有一大堆故事，关于马的故事。在过去的草原，马几乎是牧民的第一需要。牧民可以几天、几周不吃羊肉、牛肉，但决不可一日无马。这片草场曾是牧民引为自豪的军马场。军马场里，有数千匹枣红一样雄骏的军马。它们乐于顶风奔跑，敢于和群狼搏斗，他们集体狂奔的啼声足以威慑任何野心勃勃的入侵者。讲述到这里时，老牧民的脸上出现了与他年龄不相称的红润。但随后，他的语音低沉下来。他说，现在，草原上骑马的人大多不是牧民，而是游客。这些年，一条条宽阔的公路深入了草原腹地，摩托和各种各样的小车随之开进了草原，从未离开过马背的草原人骑上摩托、开上小车后，他们再不需也不愿在狂沙或风雪中跨上烈马去征服草原了。大量的马闲置了，再过几年，除了表演、除了游览，马在草原的存在价值将如初春的积雪一样，一点点地在阳光下消失。

今天的草原，一匹遗传了先祖优良基因的名马失去了奔驰的自由。它接受训练的主要内容是从一个蒙古包安全地抵达另一个蒙古包，它存在的目的是让游客满意。这个曾为草原民族书写过厚厚的历史、赢得过尊严的种群，急剧地衰退了。衰退到差点忘记了奔跑的滋味。我无从感受一匹不能自由驰骋的名驹内心的痛苦。这种心情不独马有，人亦有。翻开像草原一样深邃的历史，屈身长沙的贾谊、封侯无望的李广……他们也曾写过厚厚的历史，赢得过尊严，但他们都在某一天的某一刻，突然发现自己失去了表演的舞台，失去了战斗的机会，失去了观众，只能在轰轰烈烈中登场又在悲凉抑郁中谢幕。

由于受到向导的训斥，返回时，枣红稳稳地跑完了全程。无论我怎样催促，它都提不起驰骋的兴致了。从它快快的神情，我能感受到它激荡而无奈的心情。

在我们居住的蒙古包附近，有人为枣红准备了精心配制的马料，这样的马料能让一匹草原三河马保持旺盛的精力，保持名马的气度，这或许是枣红能从草原上获得的唯一的安抚。

"要想真正了解马背民族，必须骑在马背上。"而今天，我们已无法踏着一匹马的蹄印深入草原、融入草原，去感受草原的风霜雨雪了。

离开草原很久后，我仍然怀念着和枣红的那段短暂的奔驰……

草原

汽车在通往草原腹地的公路上奔驰，我的目光一次次伸出车窗，又一次次黯然收回。车窗外，公路两旁的草地只能用贫瘠来形容，几株稀稀拉拉的草在风中颤抖，不仅遮不住牛羊，连小块的石头都遮不住。但在数十年前也许是数百年前，这片草原的草是遮得住石头，也是遮得住牛羊的。

我们这次的目的地不是蒙古包，不是马场，而是草原、草原深处的草原。草原和城市接壤的地方已经不能再称之为草原了。那儿没有蒙古包了，有的是和城里一样的砖混结构的房子。那儿没有牧民了，有的是外来的商人，他们不懂放牧，他们只懂养殖，他们承包了大片的草场，他们将牛羊圈在一起，定时给它们添加草料和水，待它们长到可以待客时，用卡车将它们送到屠宰场或是集市……我们无意倾听承包商的经验，只有避开他们，向草原深处寻找。

汽车终于停下来。富有经验的向导将我们带到了此行的目的地。这里的草茂盛多了，种类也丰富多了，有的地方密密地纠结在一起，人踏在上面，如踏在一块厚厚的毛毡上。这才是我们希望看到的草原的样子。这里看不到载歌载舞热烈欢迎的场面了，也没有了洁白的哈达和大得有点夸张的蒙古包，但我们终于可以看到真实而安静的草原了。草原其实并不平坦，很多连绵起伏的小山包如大海中突然静止的波浪一样很随意地垒在视野中，把海的灵动和张力全垒在草原上。远处有一条弯弯曲曲如一条窄窄的哈达一样的河流，一部分出现在视线里，一部分隐在草丛中。近处黑白相间的奶牛和毛色灰白的羊在安静地吃草。它们低着头，只在咀嚼的间隙偶尔望望远方，没有人干预它们，没有人引导它们，也没有人抢着和它们合影。蓝天白云下，它们尽情地自由自在地享受着草原。

站在远处看草原，你永远是一个和草原无关的人，你的心里总装着城市，有限的空间被高楼、被街道、被各种各样的信息填充后，草、牛羊、河流、蒙古包就装不下了，它们可见、可闻，但无法融入，你在草原面前永远是一个外来者、一个匆匆过客，像一阵风，来了，又去了。

沿着时隐时现的小径走进草原深处，走进草的世界，闻着浓郁的草原气息，找一处厚厚的草地躺下来，你可以听到很多来自草原的语言，有昆虫的吟唱、有微风的问候、有牛羊的低语、有奔马的蹄声……你发现，原来你可以离草原如此近，近到几乎可以听到草原的心跳。你发现，躺在草原上，你的优越感没有了，你比一株草高不了多少……你突然发现，草原上的你，可以距草原之外的世界那么远。在一片草的世界里，听着虫的吟唱、听着风的问候、听着牛羊的低语、听着马的蹄声，困扰着你的得和失、功和过、荣和辱，在一点点稀释，稀释得只剩下草和泥土的气息。在这里，你才能真正理解，那些发生在草原上的战争，所有的争和竞，最后都归结到了草场，归结到了牛羊；在这里，你才能真正理解草原民族，理解他们的迁徙，理解他们固守的生活方式。一个有了草场，有了蒙古包，有了牛羊的民族，还企望什么呢？

午饭还是在蒙古包里，是一座小小的普通的蒙古包。蒙古包的主人是位相貌粗豪、看不出真实年龄的牧民，他脸上一道醒目的伤疤表明，这是一个经历过风浪的人。他招待我们的不是旅行公司千篇一律的难以下咽的团餐，而是他日常的家常餐：一盆手扒肉、一盆血肠和一大碗奶茶泡炒米。几块除了盐外，再没有添加任何佐料的手扒肉和一大杯"草原白"下肚，主客之间的距离没有了，话题多起来，话题的中心当然是草原。主人自豪地说，这片草场是呼伦贝尔最好的草场，是腾格里留给牧民的用之不竭的财富。主人毫不顾忌地说，他不喜欢外地人，外地人来了就不走了，他们在草原上建房子，没有限制地圈养牛羊……主人忧郁地说，草原永远是战场。过去是部落与部落斗、部落与外族斗，后来是牧民与狼斗，现在，是草原与天敌斗。草原上最珍贵的是什么呢，有人说是牛羊，有人说是骏马，也有人说是蒙古包，但草原牧民会告诉你，在草原上，一切都要以草为生。草才是支撑草原的根。草的天敌几乎无处不在。一切以草为食的动物都是草的天敌。草最大的天敌是繁殖速度惊人的草原鼠。过去有狼、有狐狸，草原鼠难以成灾，现在的草原很难见到狼了，狼都被汽车的马达赶跑了。不仅是狼，就连狐狸都要绝迹了。没有狼、没有狐狸的草原表面安静了，但地底下却热闹起来，草原鼠在草下挖地道、挖仓库、挖育儿室，直到将一片片的草场挖塌、挖成沙漠……

我已品不出手扒肉、血肠和奶茶的滋味了，我沉浸在主人淡淡的叙说中，我完全没有想到，那片茂盛得让人乐而忘返的平静的草场，时刻进行着如此严酷的地上和地下的拼争，柔弱的草，支撑书写了一部厚厚的草原历史，而现在，历史的支撑者，却处于四面围剿中……所幸，招待我们的主人是一个真正的草原汉子，一个真正的草原的知己，他像了解自己一样了解草原的一切，他像看护自己的家园一样看护着草原的一切。这多少能给我们一点安慰。

离开蒙古包时，我们依然是走着的。一个几乎看不到狼的草原时代，人类可以毫无顾忌地在草原深处徜徉，可以自由自在地欣赏草原上的花草、蓝天、白云。但一个几乎看不到狼的草原时代，草原却失去了神秘的自我防护的能力，终有一天，这片草场将会被无尽的风沙掩盖，和狼的消失一样，给人们留下无尽的悔恨……

汽车将我们拉回了城市，拉回了程式化的生活。从草原腹地自由自在的游牧空间到奔忙的城市部落，我们恍如经历过一场大自然的神秘选择。离开了草原，手扒肉的滋味、血肠的滋味、奶茶的滋味很快就淡然无痕了，只有那位相貌粗豪的牧民的平静的叙述，一直印在心底，那种印记，深刻而让人憬悟……

西行散记

感受莫高窟

从月牙泉过来，漫卷的沙尘一直追着我们的车辙跑，追过三危山，追过干涸的拓泉河，停在乐尊和尚的参悟地——莫高窟。一到莫高窟，风就停了，沙尘和冬日慵懒的阳光交融在一起，莫高窟朦胧在视线中，海市蜃楼一般。

走近了，我的目光虔诚地停留在沙尘覆盖下的坚壁上。无论有多少道佛光从对面的三危山上升起，眼前的石壁，却是那样深沉、坚毅，一点都没有在光芒中摇曳、灵动的感觉。

这座坚壁，是群佛的会堂，而且是一群最没有架子的佛的会堂。这里，除了黄沙便是风暴，除了匆匆的驼队便是四海漂泊的苦行僧，没有摩肩接踵的信徒，没有经久不息的长明灯，没有缭绕不绝的香火，在远离繁华的西北边陲，佛或站或坐，或飞腾或静卧，或论说或谛听。没有一尊以悲天悯人的神情注视一个个远来的游人，一切都那么自然，那么真切。在释迦牟尼佛涅槃像前，众生举哀，而佛却报以恬淡的微笑，悟透了过去、现在、未来，勘破了生离死别的释迦牟尼，以肉身解脱的形式，把无穷的禅意深深地刻在芸芸众生的心里。一幅幅壁画以逼真的手法还原了佛的本生。身份高贵的太子不惜以身饲虎，地位尊崇的王毅然舍身救鸽，五百强盗放下屠刀幡然醒悟……每一尊佛，身上的线条都很柔和，像微风一样拂过。这些雕塑家，应该就是精通佛义的信徒，他们用这种柔和的线条，把一本本厚厚的佛经化为生动的形象，让人感到从未有过的亲近。而恶虎、凶鹰身上的线条则像刀剑一样硬、一样冷、一样锐利，让人望而生畏。

和佛法一起不绝渗出的还有岁月的沉淀，沙尘一般，弥漫在视野前。弓弦响处，一头惊恐的鹿跃出丛林；一匹狂奔的马，拖着一辆战车，一头冲进石壁的缝隙；一名剽悍的猎手，翻身背射一头张牙舞爪的猛虎……我怀疑，那些以五彩的颜料绘制一幅幅精美的逼真图案的画师，前半生应是一位饱经沧桑的斗士，为了一片水草、一片山林、一座城堡，他们长年在这方贫瘠的土地上拼搏、争斗。而一个偶然的机会，他放下了弓矛，拿起了手中的画笔，尽管争斗没有了，但那一幕幕争竞的场面依然深深地印在脑海中，那笔下自然会在不经意间流淌出一股肃杀之气。

莫高窟是最优秀的工匠、画师展示才华、展示抱负的天堂。大量泥塑或木骨泥塑的佛或微笑，或凝思，或悲愁，莫不惟妙惟肖。特别是那些姿态曼妙的飞天，那飘扬的衣带，牵动着石壁，牵动着凝视者的目光，牵动着心中久远的记忆，让人的灵魂也跟着飞升……佛以外的空间，更是工匠、画师们展示内心的世界。无边的草原上，会出现一顶顶穹庐；阳光下的沙漠深处，则有一队队缓缓消失的驼队；万马奔腾的战场外，一群乐师却正演绎着人世间最动听的华章……一切都那么真实，仿佛就发生在身边，仿佛前行一步，就能融入那片草原、那座沙海、那场盛会。

找遍所有的洞窟，我都没有发现一幅壁画上留有画师的署名。这座艺术圣殿是集体智慧的凝聚。和有的朝佛者不同，一代一代的工匠和画师，从未想过凭一尊塑像、一幅画、一炷香、一次长跪、一个喋喋不休的祈祷，便能获得佛格外的恩赐，获得良田、豪宅、佳人、高位和长生……硝烟四起的战乱时期，这些顶尖的工匠，放下手头的工作，放弃与家人的团聚，从四面八方聚到这里。这里可能一日三餐都难以为继，还不时有剽悍的马队冲进他们的营地，劫走他们当月或当年微薄的收获，但他们坚定地留了下来，以石壁为纸，不停地用手中的画笔、颜料、木架，建构心中的梦。他们把遥不可及的宗教、政治、文化转化为一种可以直视，甚至可以触摸的线条和色彩，这种大胆的前无古人的探求，这种在积累中传承、在传承中创新的开拓精神，让这座石壁生机勃勃。隔着千百年的风沙，我们已难以追寻那些才华横溢的工匠最终的归宿，但石壁，忠实地留下了他们心中的梦，那一个个光阴愈老，愈壮丽、愈辉煌的梦。

在一个没有任何特别的洞窟，我看到了那个空空的石室。那个珍藏着亚洲最伟大的文化宝藏的藏经洞。导游语气平淡的解说如沉重的铁锤在心中敲击。所有的图案、塑像淡化了，眼前只有一道愈来愈宽的裂缝和一匹匹进进出出的骆驼，记载着这座艺术殿堂所有记忆的经卷、文物从石室中搬出、装箱，一摞摞地码到骆驼的背上，继而消失在飞扬的沙尘中，了无痕迹……千百年的积累，一个个朝代兴衰沉沦的密码，一代代学者对莫高窟艺术独特的解读，就这样支离破碎，留下的断章、残卷展示的夺目的光芒，让今天的史学家、艺术家为之顿足长叹，涕泪滂沱。宋代的僧人绝不会想到，有一天，他们珍藏的经卷会在数百年后袒露于世并以一种不能公之于众的方式漂洋过海。

一个生活在自大、封闭中的王朝，一个失去了创造力、失去了进取精神的王朝，在席卷而来的蓝色浪潮前，是没有任何抗御能力的。再坚实的城、再有力的铁蹄和再锋利的长刀，在巨舰、重炮前也不堪一击。工匠们没有想到，一个无意中封存的洞窟，可以如此生动地揭示一个复杂的社会发展规律。

弹指之间，一千六百余年过去了。今天，这座石壁在展示瑰丽的艺术形象的同时，也向我们展示着一个洞开的巨大的遗憾。

夜色中，我们带着深深的遗憾离开了莫高窟。那个洞开的石窟的影子一直在眼前闪现，挥之难去。唯一能安慰我们的是，今天，国家已将这座裸露在天地之间的石壁作为艺术遗产，列为保护等级中的最高级别。一批批艺术家，从四面八方聚集在这里，一面一点修补那些残破的线条或色彩，从大自然手中抢救一幅幅珍贵的壁画。我们已无从猜想，隔着千百年，今天的艺术家是否还能准确地理解古人的心语——那种置身于漫天沙尘和漂泊无定中的梦想。但我们可以确信，至少可以让那些可以直视，甚至可以触摸的线条和色彩留在这座石壁上，再不会漂洋过海。

回程中，有人假定，如果那个敞开的洞至今还没有为世人发现，或许，我们可以找到解读这座石壁的神秘密码，这种假定，引起了众多的批驳。批驳得最经典的一句是：与其在完美中沉醉，不如在残缺中创造和追寻。

天地间，本来就没有完美的存在。

大理

我差点就融进古城的小溪了。坚实的石板路旁，一泓清泉仿佛是从心底里沁出来的。水流缓缓地、脉脉地，一点都不急，仿佛没有想好前行的方向一般。水只在有落差的地方形成一挂水帘，溅起几颗细碎的水珠，又迫不及待地趋于平静。我们行走的方向是逆着水流的，但我总感到水在和我们一起行走。走着走着，石板路开阔起来，水流收缩到了青石板底下，只偶尔露出一段身子，但就是这样的一种羞涩的露面，就能让人在烈日下得到一种清凉。

这就是大理古城。苍山之下、洱海之畔的大理，同脚下的青石一样刻满沧桑。大理是 8 至 12 世纪东南亚最大的古都，是当时的国际中心陆港，是丝绸之路的必经地。显赫的过去，让每一个远道而来的游客心怀敬慕。城市到了一定的年龄，一砖一瓦都能漾出一段历史来，璀璨的洱海文明，让城中的小桥、流水、酒肆、店铺、楼阁、凉亭、石刻，甚至来来往往的居民，都笼罩着一种从未见过的古意。

　　沿着整洁的古城街道信步行走，突然发现，自己一下子失去了方向感。这座城被几条大街纵横交错地分割成几大块，又被许多小街小巷分割为更小的完全相似的小块。你不停地走，但无论是向前、向后、向左或向右，无论走到哪里，你都有一种错觉，总以为自己还在原地。视野所及，看到的建筑外面都是白的墙、青的瓦、气派的门楼，一律飞檐翘角、斗拱彩绘，似乎是雕版印刷的。院内也是这样，小楼、天井、照壁、曲折勾连的走廊，或大或小，或整齐或错落，或简朴或巍峨，不约而同地体现了同一种建筑风格，仿佛是为了提醒游人：这是大理。

　　大理的建筑学家对水的利用和处理让我无比沉迷。几乎每一条街，每一个庭院里，都有水的存在。一泓清泉绕过或穿过小院不息地流淌，水不知从何而来，也不知流向何处，但它的存在，绝不是一种不经意的点缀，而是庭院的灵魂，它让一院的景物刹那间充满了生机和活力。没有流水的庭院，则会在不引人注目的地方出现一个装饰得近乎完美的水井。有井的地方必有人家，有井的地方必有乡愁。这座国际贸易都会城市，用一口井，就能让一队匆匆远行的游子留下脚步，那些跋涉过千山万水的行者，坐在精雕细琢、年代久远的井栏旁，心底积满的漂泊瞬间得到了彻底的洗涤。他们中的一部分人，肯定会选择留下，留在这座远在边陲却充满温情的城市里继续他们漂泊的梦。

　　穿行在大理的街巷、民居，无论走过多少地方，你都没有疲累感，没有焦灼感，除了风格独特的建筑让你一饱眼福，还有浓浓淡淡的绿色让你时时有惊喜的发现。一盆盆苍翠欲滴的盆景、一株株枝繁叶茂的玉兰，看似随意又疏密有致地缀满院落，偶尔抬头，楼阁上会从你意想不到的角度泻下一挂藤萝，像一道绿的瀑布，将你淋上一身的青翠。主人介绍，我们来得不是时候，如果是周末，就可去逛大理的花市。每逢花市，酷爱养花的大理人，将精心培育、倍加珍惜的花一盆盆、一丛丛、一株株摆满花鸟市场，和大家一起分享养花的快乐，这是大理人高雅的精神休闲。大理的杜鹃、兰花、茶花极负盛名。但我最想见识见识金庸先生笔下的十八学士或杨朔先生笔下的童子面茶花，而其时正是盛夏，花期已过，只得留一份遗憾在大理。

我在一处民院中精致的佛堂前停了下来。睿智、豁达的弥勒佛微笑着望着我们，这种微笑，是历经沧桑苦难之余的领悟，给人以不经意的安抚。佛在大理有无比崇高的位置。古时的大理，是一个几乎人人尚佛的国度。而让我的心情为之激荡的是，在世俗的金字塔中处于顶尖位置的君主，竟甘于舍弃人间无上尊崇的地位，避位为僧。大理二十二帝中有九位悄无声息地走出壮丽的皇宫，这在世界文明史上是极为少见的。他们可能是一批真正通晓佛义的智者，品味过巍峨宫殿里权力的崇高，再去城外的寺庙静听晨钟暮鼓，这种收放随心的心境，是一个奔波在世俗相中的逐利者，绝难修炼成功的。

佛学，在古大理不仅是一种精神的信仰，而是一种强大的治国方略。强敌环伺的大理，任何非理性的躁动都可能为这个边陲小国带来无法估量的后果，大理国君以对内不息的修持和对外长期的谦和、忍让，破解了一次次生死攸关的国难。大理史上，有很长一段时间处于国君和权臣势力相当而相安无事的局面，这也是世界文明史上不可多见的。少有纷争的大理，各方势力极其克制的大理，民生殷实的大理，如一朵素净的茶花，在你方唱罢我登场的古代史上，宁静地执着地开放。

这座古老城市的密码就融在一脉脉不绝的流水中，就藏在一幢幢古朴的民居中，就潜在一株株浓郁的绿色中，就隐在一声声悠扬的晚钟中。从迷宫一般的民居中走出来，走到如棋盘一般纵横交错的街上，岁月匆匆，从一个个方向相聚又离散。时间，带走了茶，带走了马队，带走了沉重的负累，留下的记忆里满是烟火的气息，铺在这一条条窄窄的街上，有的则在空中蔓延……

千百年后，我来了，在这座古城寻找。

映秀

车到映秀，我最强烈的感受是安静。

几乎一瞬间，车上的欢笑声静止了。

车窗外，偌大的停车广场静悄悄的。停车场边有几个小货摊，很安静。和大家习以为常的景区不同的是，这里既没有播放震耳欲聋的乐曲，也没有高声揽客的喧闹。

我们在安静的氛围中踏上映秀的土地时，那场撼动世界的灾难已过去十年了。

十年间，和岷江一般日夜奔流的时光之水带走了太多的印记，也包括那场惨烈的灾难留下的印记。停车场旁的小剧院里，展示着映秀的现在，现代拍摄手段展示的映秀，是我们在手机视频中一次次邂逅的风情小镇。在现代音响的渲染下，冲淡了笼罩在我们心头的特别的凝重和笼罩在小镇上空的特别的安静。

绕过停车场，我的眼前为之一亮。剧场中的画面开始以实体的形态展现在我们的眼前。这是一个全新的朝气蓬勃的映秀：巍峨壮观的牌坊、整洁的街道、风格独特的小楼、宽阔得有点奢侈的连江桥、带有热带风情的高大树木……我总觉得这里不是一个劫后余生的山区小镇，而是欧洲小国的一个现代城市。

关于那场劫难的所有印记被人们小心翼翼地收藏到了一处——映秀地震公园。这里曾是一所学校，一所充满了活力和希望的学校。每天清晨，广播里会播放运动员进行曲，会有朝气蓬勃的孩子冲出寝室，在嘹亮的哨音指挥下做运动。有时，也会举行升国旗仪式，数百双眼睛，庄严地望着一面冉冉升起的红旗……完成这些后，学校安静下来，开始每天的教学、学习。但现在，学校已是一种记忆、一种惨痛的记忆。在这里，我看到了自然界极难一见的奇观，一幢楼的一半高高翘起，另一半没在地下。楼的下面，还有一幢看不见的楼。开裂、扭曲、挤压，把两幢相邻的建筑拼积木一般拼到了一起。这里没有任何注释，我们无从知道，楼里的老师和学生，他们是谁？去了哪里？现在在什么位置？我们只知道，地震发生时，有过96.57秒的剧烈摇晃，96.57秒后，一幢教学楼就滑到了另一幢教学楼的底下。冰冷的96.57秒里，他们能做什么呢？他们中的一些人，可能冲出了教室，但他们的面前，还有长长的拥挤的楼梯，还有两幢教学楼超越想象的挤压……

平静下来的校园里，所有的幸存物都是破裂的。唯一一幢完整的建筑立在风中，它的上面没有别的楼，下面也没有别的楼，它是最幸运的存在。但整幢楼已找不到一个没有裂痕的平面，它立在那里只是一种象征，我确信只要有一阵风，就能让它轰然坍塌。

一块巨大的石头，映秀有史以来最沉重的石头被安放在公园的大门口。这块石头本不应出现在这个位置，千百年来，它一直安静地待在小镇北面的山上，它整天的工作就是安静地看小镇袅袅升起的炊烟和来来往往的行人。它看到小镇一步步长大，人口由少到多，建筑由简陋到精致。但2008年5月12日的那个中午，它被一股巨大的力量高高抛起，一直抛到现在这个位置。那一刻，它见证了小镇的破碎，一个个熟悉的身影连同锅碗瓢盆，连同那些精致的建筑一起扬起、飘荡，又很快被埋没……岷江静止了，水截断了，河床没了，成了山的一部分，江边的公路被肆意扭曲、撕裂，最后被漫天飞舞的山石埋藏。和公路一起掩埋的还有一辆辆来自全国各地的大巴和大巴上的游人。

巨石见证的还有一声声的呐喊，这些呐喊声有的来自江中，有的来自石砾堆中，有的则在寂静的地下。我们无法以准确的语言来形容那些喊声，因为我们没有机会听到这些来自地下、缝隙里或汽车里的声音。当这些呐喊从声嘶力竭变成弱不可闻时，一辆辆挖掘机经过艰难的跋涉靠近了村子，当声音完全平息下来时，一辆辆挖掘机停止了工作，粗大的机械臂无力地垂下来，留下一个个巨大的倒立的感叹号。

连同机械臂一起静止的还有时间。时间第一次作为景物在地震公园向世人展示。这是这个世界最让人惊心动魄的时间，时间就刻在门口的那块沉重的巨石上。时钟歪歪斜斜地指向 14 时，分钟依稀停在 28 分的位置。钟面是碎裂的，是没有任何规则的碎裂。它以这样的一种破碎的方式，一次次地勾起人们心底的涟漪。

　　一直陪着我们行走的是一位志愿者。一位首先就声称不收任何费用的志愿者。她跟着我们，一路走一路还原十年前的映秀，她指着宽阔的路面说，这是杨大爷家，那是李大娘家，那是村部……她是一位母亲，至少曾经是。她唯一的女儿也是唯一的孩子就埋在那幢歪歪扭扭的教学楼下。她的声音就像 2008 年 5 月 12 日 14 时 28 分的那次断裂一样，让我们置身于一片汹涌的悲情中。她说，她的女儿那天像往常一样背着书包走出家门；她说，女儿出门时，几次回头向她挥手；她说，女儿那天特别高兴……此后，她的女儿再也没有回来。她的一只手残了，是在废墟中挖残的。那天，她在废墟中拼命地挖，挖着挖着，她就挖不动了，她不是没有气力了，而是没有知觉了。从 2008 年 5 月 12 日下午起，她的知觉一直没有恢复过来，她常常生活在女儿和她一起笑闹的日子里。她每天都要沿女儿走过的路走一遍才能安静下来，她以这样的方式表明，她没有放弃女儿，也没有离开女儿。

　　站在映秀的制高点上看映秀，山环水绕的映秀显得那样沉静。湛蓝的天空下，这座汇集了全国人民爱心和关注的小镇处处焕发着强劲的现代气息，截断的岷江恢复了奔流，新修的公路上，一辆辆大巴又驰驱在江边。而那个母亲幽暗的目光和平静得让人窒息的讲述却一次次摇撼着我的内心世界。在这里，我们得以明白生命的沉重，沉重得可以击碎亿万人心底的平静；在这里，我们也得以领悟生命的尊严，我们不吝将所有的镜头都对准那个从废墟中挖出的男孩，他满是稚气的敬礼的动作，让世界为之动容。我们不惜将所有的赞美献给那个背着妻子的遗体匆匆回家的农民，尽管家园已经破碎，但他仍旧固执地要回到那里，他以这样的行为向世人表白：家园不仅是一块起居耕作的土地，它还是灵魂的栖息地，没有那片土地，他的灵魂便将漂泊无依。

　　望着匆匆奔流的岷江，我不能确认，那次来自地下十公里处的断裂是否因为地面人类无止境的索取，我同样不能确认，和废墟一起重建的是否有我们对大自然正确的认知，我能确认的是，除了那位依然生活在废墟中的母亲，映秀人已从废墟中站起来了。他们不再羡慕外面的繁华，他们中的绝大多数人不再选择外出寻找发达的机会，他们选择守候。守候这片精神的家园，守候一个个平静的日子。经历过一场生与死的磨砺，映秀人对平实而自然的生活有了全新的理解。

　　离开映秀时，已是暮色苍茫。我的目光无法穿透夜色和映秀道别，唯有祈祷映秀人，每天都有一个美好的温馨之夜。

行走

　　村里人一开门，首先看到的是一条路。这条路承载着一个村庄的希冀，弯弯曲曲地伸向远方。这条路首先是泥巴路，后来是沙子路，再后来，就变成了现在的水泥路。每一次变化，村子里总有人从这条路走出去，走向外面的世界，再难看得到他们的身影。他们带走了村子的全部印记，给村子留下的则是村民对他们形形色色的猜想。

　　志爹很少离开村子，他总是从泥巴路走到沙子路后立即折回村里。有一次例外，他差点就走出了村子。他先是从泥巴路上走到沙子路上，再从沙子路上走到水泥路，走到水泥路时，他没有力气往前走了，他只好同逃荒的难友折回来，那是他离村最远的一次。多年后，志爹还在说，如果那次逃荒逃到了大城市，他就不回村里了。但他没有力气往前走了，不是他的腿没有力气，而是他的心里没有力气了，水泥路上陌生的环境，让他产生了从未有过的胆怯。

　　志爹对村子从未有过胆怯感。他生来就属于这个村子，属于这片土地。他对村子的亲近是因为他对片土地的亲近。他不会说话，村里的任何人、任何事，与他无关的他都不掺和，有关的也不啰唆。他也不会做事，村子的有名的农把式没一个看得起他，在村里，他是这样一个人，天天见面，不觉得腻歪，十天半月不见，也不会有人牵念。但他看得起属于他的土地。他把一个个日子分成层次分明的四季，他的每一个日子、每一个季节都和土地有关。他顶着日、顶着风、顶着雨，匆匆奔走在原野，他的奔走是纯粹的奔走，无论是路边的花还是枝上的鸟，都不能干扰他的奔走。他一年的所得仅能糊口，有时糊口都很难，但奔走的脚步却从没有过迟缓。

在旁人看来，他的日子是枯燥无味的，枯燥得像他做的饭菜一样。志爹的饭菜永远是村里的头一份，不是他的味道好，而是他的速度快，别人做饭，先煮饭，再炒菜，一个个程序走，最快也要个把小时，但志爹不是这样的，农忙时，他把油、盐、菜、米和在一起煮，饭熟了，菜也熟了。志爹认为，菜炒着吃和煮着吃，最后的目的地都是肚子。一锅煮，营养没少一分，麻烦却少了不少。这个方法，全村人只有志爹尝试过。

平常时分，志爹没有特别兴奋的时候，也没有特别消沉的时候。但他还是兴奋过一个时期，兴奋的原因是一个饿得头昏眼花的女人突然走进了他的家里，志爹拿出浑身解数，为这个面黄肌瘦的女人做了一顿饭。吃过三大碗饭菜后，这个女人决定不走了，她留下来。留下来的日子幸福而短暂，幸福而短暂的日子里，志爹像变了一个人，他整天像一个喝得微醺的饮者一样，脚步变得更轻捷、更有力，他更加劲地奔走在田野和家里。那段时间，他不会说话的习惯没有改变，但他却多了一项爱好——唱。他边走边唱，边干活边唱。没有人听得懂他唱的是什么，可能是花鼓戏，也可能是样板戏。唱没有改变志爹的生活，尽管他使足了劲，但田地里却并没有给他增加多少收入。幸福也并没有改变他与生俱来的习惯。几年后，这个偶然撞进他生活中的女人后悔了。这个经历了一场生死逃难，见识过人生大风大雨的女人，突然发现，把一生交给一个只懂得奔走却不能远行的男人，是极不明智的。在一个月黑风高的夜里，女人像来时一样，突然消失了。志爹恢复了他本来的生活，此后，他再也没有离开过村子。

在那个出走的女人再次后悔的时候，志爹的眼睛失明了。眼睛失明对一个正常人而言是一件了不得的大事。但对志爹而言，没有眼睛的日子并没有什么变化。没有眼睛，他一样可以在熟悉的村子里走。村里的角角落落早就在他的心底烙下了厚实的印痕，沿着这些印痕，他可以走到自己想去的任何地方。没有眼睛，他一样可以播种，可以收割，可以做饭。志爹不知道的是，眼睛失明后，外面的世界发生的变化。和他同龄的城里人开始退下来，开始忙于休闲——他们坐着大巴，奔驰在城市与乡村。每到一处，他们都只能跟着一面小旗走。跟着一个穿着随意、举着一面三角小旗、拿着一个小喇叭的女孩，不紧不慢地穿行在景物间。他们眼睛望着小旗指引的方向，脖子伸着，神情有几分好奇也有几分迷茫，这种行走叫旅游，也叫观光，是在太阳下、在灯光下的观赏。他们一路走过去，越走越远，但他们最终还是回来了，回到了大巴出发的地方。远处的景物也还给了远方。看到的大多当时就忘了，还有一部分残留，将在时光风雨的打磨中越来越淡漠。

　　年轻的一代早就不习惯坐大巴了，他们的远行工具主要是高铁。交通工具速度的突破颠覆了人们对远行的认知。在遥远的古代，一个举人漫长的赴京应试之旅将成为他一生中最深刻最难忘的经历，这种经历，能让一个涉世不深的年轻士子迅速成熟。而高铁时代，人们再不可能拥有这种目的明确、剧情丰富，能让人迅速成熟的远行机会。以极快的速度奔驰的高铁，让远行失去了过程，只剩下了结局，一堆能让人头晕目眩的结局。

　　失明后的志爹没有机会参加一次被人牵引的漫无目的的远行，更无从想象快如时光之梭的高速列车的样子。他有他的生活。他的全部生活就是行走。每天从村东走到村西或从村东走到地头。劳作时，代替眼睛的是一根长长的竹杖，他用竹杖来感知庄稼。他的行走没有三角旗帜的指引，只凭记忆在引导。他把每一步走得那么从容、那么坚定，仿佛把一生的经历都放在路上回味，走累了，他就随便坐在一幢房子的屋檐下或是路边坐下来，听别人走。

我们无法感受一个盲人的行走的心情。但我们知道，每一个人的内心世界，都有一个远行的目的地。只是大多数人的目的地是模糊的。一个明眼人一睁开眼，世界就到了他的眼里。这个世界不是简约的线条，而是由线条组成的画面，这个画面可能是静止的，或许是一棵树、一幢房、一座山；也可能是运动的，或许是飞扬的柳絮、翱翔的飞禽、突如其来的风暴……这些画面的组合牵动着他们的内心，影响他们对世界的判断，左右他们行走的方向。他们常常无法处理这些画面反馈的信息而陷入迷惘。他们尽管在走、在风景中穿行、在高速列车上奔驰，但他们的内心是纷乱的，千奇百怪的影像、声音、标志在各个不同的方向诱导他们，他们不知道，下一步该迈向那里，是直行是转弯还是回头。一个明眼人就这样日复一日，年复一年地经受着行走的折磨，他们一直在找一条如高铁一样快捷的能及远的捷径，但越快越盲目，总是迷途而返。

　　志爹对世界的感受是单一的，单一到只剩下白天和黑夜。失明后的志爹生活在自己的世界里，他有自己的情感，只是这种情感因为岁月风霜的侵蚀变得越来越淡；他有自己的目标，他的目标就是通过自己的劳动解决一日之需，养活自己。他从没想过要改变这个世界，改变自己，没有任何外界的影像可以撼动他的内心，眼睛的失明，让志爹的生活像远古的人类一样简朴和自然。这种简朴和自然的生活让双目失明的志爹越活越硬朗，几乎活成了一种传奇，一个双眼明亮的人渴望的传奇。

　　生命的旅程，人们费尽心力无缘找到的捷径，志爹一抬步就找到了。他的捷径就是不寻找捷径，就是把人生简化到只剩下几个人们不屑效仿的步骤，这种简化的行走让他的一生从容而淡定。他仅用几个人们不屑效仿的步骤，就达到了人生的终极目的地，达到了生命的远方。

　　生命如此短暂，短暂的生命偏偏还要耗散到许多旁的事物上去，事情一件接一件，借着各种力量，把你想要做的挤一边去，想躲躲不过，想逃逃不了。

　　莫非，这就是我们的宿命。

茶马古道

　　如果不是游人的那些惊叹、那些呼喊提醒了我们,我们绝不会将这条隐在龙窖山深林间的山道和茶、马、传说中的马帮联系起来。

　　山道很老,老得完全没有了一条路的样子:路床、路基、路面都破损了,破损得非常厉害,有的地方像遭遇过一场罕见的地质灾害。没有坚实的路基,没有平整的路面,没有醒目的路标……它无法拼凑出一条路必备的、哪怕是一个完整的要素。没有这些,它不再具有一条路的功能,它和我们平常走的柏油路、水泥路、砂石路甚至泥巴路都有太远的距离,它有时融入山体,有时隐在溪下,有时需要人们启用想象去延伸。但它确实是一条路,一条需要透支我们敬仰的路。

　　见证这条路的前世今生的是路口一株硕大的银杏。没有人知道这株银杏的真实年龄,就像没有人知道龙窖山长流不息的山溪的真实年龄一样。千百年来,它不断地汲取空气、阳光、清溪和泥土中的养分,也一点一点地收藏沧桑巨变的岁月沉淀,汲取多了,收藏多了,它开始富态起来,粗壮起来,巨大的树冠冲破龙窖山终年缭绕的云雾,高高耸立在云天之间,它的目光也得以伸向山外的世界,它的胸襟因之舒展。有人攀着它的枝丫远眺，有人在它巨大的树冠下歇息，也有人将陈年的怨和恨一股脑儿倾泻在它的脚下……歇息者可能是一位匆匆过客，但更多的是一个家族一个家族的成员。父亲来过，儿子来过，孙子来过……他们不约而同地把这株银杏作为他们旅途中的依托。而银杏也甘于充当一个迎候者、一个托举者、一个荫蔽者、一个倾听者……因为这株古银杏的存在，我们在路口就找到了属于这条古道的原生态的气息。

我们很豪迈地踏上这条山路，很用劲地在条石上走，很夸张地从溪水中跨过，就像消失在时空的马帮一样，把一条崎岖的山路走得充满野性的活力。这条山路视野所及的距离最多不超过百米，几十米或百米外，山道就隐没在原始次生林间。把一条充满野性活力的路隐藏起来，是需要深厚的底气的。龙窖山的厚重和它的体量，完全藏得住这样一条厚重而宽广的路。说它厚重，是因为这条路从西晋一直走到了明清，晋时的月、唐时的风、宋时的雨、元时的肃杀和明清的崛起与倾覆，一层层覆盖在这样一条窄窄的路上，让每一处路基的缝隙里都能淌出一部厚厚的历史来。说它宽广，是它强劲的伸展。尽管我们的视力只能捕获到一小段一小段的路面，但透过密密的丛林，越过坚实的岩壁，我们一直能真实地能感觉到它的存在，能感觉到它以超越想象的力量向前伸展，没有任何力量能阻挡这种伸展，丛林的深邃和山岩的坚硬，在一条路的面前，第一次显得那样不堪一击。

路旁有亭。亭只是一块比路稍宽的空地，一块硬生生地从山壁挤出来的一块空地。亭柱、亭顶和供人休憩的亭凳都没有了。但从这块奢侈的空地上，我们可以读到这条路的柔软。这条意志坚定、劲气十足的路，在这里停了一下。它可能是为了等一位掉队的帮友，可能是为了照顾一位生病的旅客，还可能是为了避开突如其来的暴雨。这样的停留并不多见，但每一次停留都能留下一个剧情丰富的故事，这些故事让这条路丰满起来，充满了温馨的力量。

踏着一级级石级蜿蜒而上，我们找到了一处村寨。通往村寨的石级相传有千级之多，很难想象，数以千计的石级夹在陡峭的山崖之间，隐约于盘旋的古道之中，是一种怎样的气场，这种气场让人对这座古老的村寨充满了神秘的期待。而事实上，这座村寨已不能称之为村寨了，村寨里的建筑，那些有瑶族特色的古老的吊脚楼已荡然无存，村寨的主人已在历史上的某一个深夜撤离了。他们的撤离至今是一个无法根究的迷。他们撤离得干脆利落，不仅没有留下记载族人繁衍生息的典籍，也没有留下任何标注式的文字。风雨中，只有那些残破的石门、石洞、石桥和石街还在默默地、执着地传递着一种遥远而独特的文化气息。

这座古寨，正是这条茶路的发祥地。一群瑶民、一群无比憔悴的瑶民因一个特殊的机缘，走进了这座大山。他们来到这座大山时，操一口谁也听不懂的瑶语，穿着个性独特的衣服，常常饥肠辘辘、满面菜色。他们平常不和外人接触，只是偶尔去一趟山外的集市，换取必需的盐巴和食物。他们把自己封闭在山里。封闭的环境让他们获得了梦寐以求的安宁，安定下来后，他们心底激荡的梦开始发芽。他们用双手撬动巨石在山溪两岸垒砌石壁，在石壁上铺设石道，在石道两旁搭建高高的吊脚楼，他们就这样拥有了属于自己的村寨，拥有了属于自己的家园，结束了漂泊和流浪。他们开始在山上栽种茶树，龙窖山的肥沃让这些茶树带着村民的希冀满山疯长，龙窖山的厚重让满山的茶味厚重而醇香。他们一年年浇灌这些茶树，一次次提炼茶质、茶味，把一山茶树培育成极品，把一山茶叶提炼至极致。古寨里终年飘荡着茶的气息，这里开始有了茶坊，有了店铺，有了推着土车、抬着茶篓、牵着骡马的商贾。他们在这里收茶制茶，将一篓篓的茶叶制成一块一块的茶砖，把一块一块的茶砖放在一匹匹骡马上，驱使着一匹匹骡马载着这些茶砖由这条古老的茶路出龙窖山、过聂市、经长江、达汉口，远销我国西北的西藏、新疆、青海、甘肃及北方的蒙古、俄罗斯……返程时，再将当地的马匹、皮货和风土人情赶运回南方。

这条茶道就是被史学家称之为"两湖茶"的茶马古道。这条古道全程万里，涉过山溪、蹚过河谷、爬过雪峰、跨过戈壁、越过沙漠，将奔放的草原文明和内敛的南方山区族群紧密地联结在一起。茶味厚重的龙窖山茶，让草原民族没有了后顾之忧，可以放开肚皮享受鲜美的牛羊肉。而蜿蜒曲折的茶路，则一点点地将外面的世界引入封闭的南方山区，让朴实的山里人走出山重水复，一直走到世界文明的腹地……

我们在古寨里发现了两只站着的石鼓。称它们为石鼓很勉强，因为它们的外形并不符合"鼓"圆圆的要求，它们只是近似地圆了一下，这正符合古寨粗朴、率性的风格。石鼓应该是一座石门的一部分，石门的其他部分不见了，只留下两只石鼓。它们不知自何时起就站在这里，它们的身上没有任何可供辨识的图形，但它们绝不是普通的石鼓。因为它们平静地站立的姿势让人强烈地感受到一种历经沧桑的气势。有这种石鼓的地方一定有人家。这家人的吊脚楼已在千百年来风雨的侵蚀中化为了尘土，和房子有关的印记只能从石鼓和石鼓相依相伴的山石中去寻找。这幢房子的主人，极有可能是一位少妇，只不过她过早地衰老了。她的早衰和这条路有关。她可能是一个淡泊的人，从没有动过教夫婿封侯的念头，但因为茶，她的夫婿长年在这条山路上奔波，每一次远行，她的日子里就不可能再有片刻的安宁，她的心也跟着她的夫婿——一个面皮黝黑的汉子，走出古寨，闯进沉沉的夜色，过上了饥餐渴饮的生活。它跟着马帮，一直跟到万里之遥的西北域外。她所有的梦，都和茶、马、那个黝黑的汉子有关，凄风和冷雨、相思和牵挂，一点点侵蚀她原本秀丽的面庞，她就这样和这幢吊脚楼迅速地老去，老得只剩下一缕香魂和两只粗朴的石鼓。

集中收藏古瑶民的魂灵的地方是一座座石堆。瑶民生前，把一山的石头利用到了极致，他们把石头筑成路基、砌成墙壁、凿成门洞、雕成图腾……这些坚硬的石头，在瑶民的手下，成了柔软的寄托和瑰丽缤纷的梦。经历过这些梦，经历过一片茶的华丽蜕变，经历过关山万里的磨砺，他们累了、老了，他们想安静地躺下来，躺在铸就了辉煌与传奇的龙窖山上。他们的亲人将一块块石头覆盖在他们疲惫而消瘦的身躯上，一直堆到他们认可的高度。我们在这些堆石墓上没有发现一块刻着"流芳百世"字样的石碑，相伴他们的只有一山的楠竹、杉树、枞树和茶树，只有劲吹了千年的山风和不息的涤涤流水……现在，他们离开了这个世界，他们没有带走一片叶、一只果，但完成了一群山里人难以完成的使命。他们不仅自己从封闭中走出来了，还让这座封闭的山走出来了，成功地把一个民族的图腾印在人们的心底，传播到了万里之外……

他们没有留下文字，只留下了一个族群深邃的秘密，给所有的来访者以无尽的猜想……

张谷英的天井

　　我是在雨中发现张谷英大屋的一个秘密的。

　　冒着蒙蒙细雨，攀上张谷英大屋背后的小山坡，张谷英大屋以一种格外深沉的色彩呈现在眼前。这是一种遥远而熟悉的建筑材料的色彩——青瓦的色彩。我从没有想象过，一大片平常的青瓦会产生一种从未感受过的视觉冲击——亲切而深沉的冲击。这种冲击力是现代建筑不可能具备的，因为这种视觉冲击带有一种久远的亲情。呈现在眼前的还有一幅幅遥远而熟悉的图案——天井。透过被雨水洗净的错落的屋脊，我发现，迷宫一样的张谷英大屋，竟是由一个个简约到极致的图案——一个个天井组合成的。

　　我对天井是有特殊的感情的。小时候，雨天，我们最喜欢去的是村里那幢唯一带有天井的老屋。雨水从天井四面流下来，布帘一般，归集到天井中，从天井中的暗道消失。我们对从天而降的雨水从哪里来又流向哪里没有兴趣，有兴趣的是天井中呆卧的几只乌龟，两只大的，几只小的。它们对我们、对雨水也没有兴趣，它们只是仰头望天，或是呆卧着想自己的心事。这种相安无事的情景最让人难忘。

张谷英大屋的天井远比家乡老屋的天井阔大、幽深。从当大门进去，一共五井五进，每一进的布局近似。正中是堂屋，两旁是厢房、耳房，光线从天井中泻下，厢房里，老人摇着蒲扇在纳凉，耳房里炊烟袅袅，灶膛间柴火闪烁，菜油的清香从窗棂飘出，堂屋里早已摆好了八仙桌，正静待田间劳作的户主归来。孩子们则围坐在天井旁安静地读书。每一个天井，都复制着这样一幅家居图。

第五进天井的堂屋里，供着张谷英的雕像。这位踏遍万水千山、胸中装有太多故事的睿智老人，宽袍布履，正襟危坐，神态安详，他的身上，既有农人的木讷深沉，更有学究的从容儒雅。这片连绵不绝的大屋是他亲手设计的。依托一个个天井，一幢幢形制相近的建筑慢慢向两旁伸展，他的后人聚居在一起，靠天井与天井间的穿堂、幢与幢之间通道，家家户户隔而不断，声息相通又自成一系。

不仅在地上，地下也是连通的。不论多大的雨，天井中永远看不到积水，所有雨水都从天井中的暗道流到环村而过的渭溪河里。河水被巧妙地引入村里，迂回曲折穿村而过。打开大门，便能听到流水的声音。傍溪而建的是一条长廊、一条青石板路，沿途通达各门各户。

从建成起，时间仿佛就静止在这片大屋里。晨曦从天井漏下，厢房里总是同时响起男人的干咳，一把锄头或一担粪桶被男人从角落里取出，当大门吱嘎开启，也开启了张谷英千篇一律的一天。当男人带着收获挥洒着汗水再次踏上门口的小桥时，太阳已朗朗地照在当大门的门楣上。女人将丰盛的午餐摆在堂屋里，匆匆饭罢的孩子们背着书囊沿着溪畔的青石板路赶往村里的私塾……日复一日，张谷英大屋总是演绎着相同的故事……

我在这片大屋最大的天井旁停下来，长年不息的雨水，敲打着天井中的青石板，在青石板上刻满沧桑。天井旁的四壁也和青石板一样，岁月的痕迹如爬山虎一样缀满墙砖……行走在天井间，随处可见久未谋面的农具和家什。旧式的床、油漆斑驳的妆台、老迈的纺车、古老的石磨、废弃的水车……这和厢房中正播放着流行歌曲的高档音响、播放着时政新闻的液晶电视恰成对映。数百年的继承与繁衍，让这片老屋总是处于历史与现代的碰撞与交融中。

唯一没有太多改变的是久远的传承。绕过一个天井，我们看到了一座尘封已久的低矮的阁楼，据说是长房闺女们的绣阁，窄窄的木梯、矮矮的窗棂无法封闭代代叠加的闺情，尽管楼上蛛网密布、人去楼空，但我们仍然能从这处幽深的楼阁中感受这片大屋严谨的秩序。不时有出自名家手笔的楹联让我们眼前一亮。一句"耕读继世，孝友传家"就让所有的游人不虚此行。和这片大屋中处处相近的建筑风格一样，弥散在天井间的还有以"孝当先、和为贵、勤耕读、崇廉洁"为核心的家族传承，这"四德"正是张谷英大屋的四根精神支柱，它们如井字的四笔，坚实地支撑着这个古老的村落，让张谷英古村历经数百年的风雨聚而不散，且代有贤才，活力无限。

村畔，张谷英老人长眠在青青翠柏间。这位穷尽一生之力打造一片村落的老人现在可以安睡了。因为尽管他离开了这片大屋，但他的精神却长久地流淌在渭溪河里……

雀

完全没有料到，一群雀会以这样一种方式走近我。

在一座陌生的城市，疲累已极的我刚刚入睡就被一阵阵鸟叫声惊醒。这不是鸟叫的时候，我看过手表，才深夜三时。这也不是寻常的鸟叫声，这种声音尖锐而急促，相伴翅膀的扑腾的声音，让人感到一种没有来由的惊恐。推开窗棂，刺骨的寒风一灌而入，让人的思维和身体在一瞬间浓缩。窗外，灯光下的世界已是一片混沌。大片大片的雪花正裹着灯光急速地坠落，街道不见了，成了一条条在风中扭动的白色的带子。汽笛消失了，几乎所有的车辆都停止了运行，成了雪中的景物。

鸟的叫声就在头顶，头顶是宾馆的天台，这个时候，天台应完全被大雪覆盖了。我知道鸟尖锐地急促地鸣叫的原因了。在这个寒冷的夜晚，它们失去栖居的场所，饥饿中，集体的鸣叫和振翅飞舞可能是它们抵挡寒夜恐惧的唯一选择。在这个分不清方向的夜晚，它们没有离开天台的意思，天台是它们最后的依托。我不知道它们要舞到何时，也许它们会一只只冻成冰雕，从天台上坠落，融入雪中。

一群寒风中把宾馆的天台作为归宿的麻雀让这个夜如此沉重。麻雀，恐怕是这个城市最后的群居鸟类。但钢筋混凝土构筑的城市不属于鸟群，也不属于麻雀。它们在城市中只能算是栖居。记忆中，麻雀是属于原野、属于村庄的。秋收时节，一群群褐色的身影在原野上、在树梢间、在屋檐下起落。它们总是集体活动，极少单独行动。它们活动的空间很窄，窄到总让人感觉到它们时时在身边。不像高空中的大雁和居住在村民堂屋里的燕子一年一年地往复迁徙，它们极少更换住所，只要巢没有遭到破坏，它们就安居在树洞或屋檐下。也不像村民痛恨的鹞，时不时来骚扰一下村庄，对于村庄而言，它们其实是一群没有威胁的群体。它们迎着初阳离巢觅食，在太阳落水时回巢休憩。在忙碌的季节，传递着丰收的气息。在农闲时分，在空旷的原野展示一种原生态的宁静的美。

在一群雀的眼中，这片原野、这片村庄就是它们的家园。它们的记忆里，还残留着秦时的战火硝烟和汉时的边关明月，它们记得哪一处山沟埋藏着哪个朝代的陶罐或青瓷，它们经历过一个个村庄的兴盛和衰落，它们知道绕村而过的溪水经历过多少次的改道……它们对人类有高度的警惕，但它们并不排斥人类，你不论用什么方式驱赶它们，它们总是在你不留意时，再度返回。它们理所当然地把原野、把村庄甚至把村民的家当作自己的家园。

在村民的眼中，雀的存在是可以容许的。除了恶作剧的孩子，没有人刻意去清除屋檐下的雀巢，就连最吝啬的农夫，也只是象征性地在稻田中摆上一个骨瘦如柴的草人，吓唬吓唬它们。在收获季节，人们把雀的啄食当作当然的损耗。雀和人类就这样相安无事地共存。收割后的旷野一片萧索，水冷风寒，雀却没有远行就食的计划，它们以原野、以田地中的昆虫为食，顽强地和荒芜争斗。

但雀还是从村子里消失了。这些一直把村庄作为家园的精灵，仿佛一夜间集体失去了踪迹。雀的消失是村子里最神秘的事。但雀的消失却没有在村子里引起太大的波澜，忙碌的村民根本就无暇去思考深奥的自然法则，也不愿去反省自己的行为是否对雀的种群造成了不可修复的伤害，人们只是不经意间想到，无休无止地在身边嬉闹的雀儿没有了声息时，才会在困惑中抬头远望，试图寻找它们灵动而机警的身影……秋收的时候，没有雀的啄食，稻子的收成并没有明显的增加。这让朴实的村民在怀念中原谅了雀唯一的不是。

但是今晚，我却和一群神秘地消失了的雀在一幢楼里相遇了。只不过，它们在窗外的寒风中挣扎，而我却在宾馆舒适的席梦思上揪心惆怅。一群已不被大自然接纳的雀，一群不得不在一个完全陌生的环境里坚持的雀，用它们尖锐的叫声在这个冰冷的夜里证明自己的存在。

我不知道是什么时候重入梦境的，梦中，依然有一群群瘦瘦的雀在耳际间不停地诉说，尽管它们明知我并非一个理想的倾诉对象。我没有拒绝它们，或许，一次认真地聆听，能多少让它们在这个无助的夜晚找到一点点精神的慰藉。

醒来时，风停雪止，已听不到雀儿的任何声息了。

水魄

　　铁山其实不产铁，有的是水。

　　水是谦逊的水。水很随意地平铺在公路两侧，水很安静，完全没有飞流直下三千尺的气势。水一点也不张扬，仅凭一双肉眼，你看不出这座水库有多大的库容，阳光下的水库，被一座座小山包分割成了一小块一小块的水面，没有一处可称得上浩渺，如果无人特别提醒，你肯定想不到那一小块一小块水面连成的湖泊就是湖南境内有数的人工水库。

　　水是清澈的水。经过沧海桑田式的发展变迁，在南方，你已很难找到清澈的水了。几乎所有的河流、湖泊都变得浑浊，变得难以亲近。长年生活在水上的渔民，最苦恼的不是渔获少，而是用水、吃水难，守着一湖水，却要长途跋涉上岸洗衣、挑水。就连记忆中，村口一清到底的小溪，也成了臭水沟，有的干脆永久断流了，残缺的断石瓦砾，在沟中诉说着历史的沧桑。但铁山水库的水是清的，清得让人羡慕。站在岸边，可以清晰地看见近处的湖床，看见湖底游来游去的小鱼。坐在小船上，在湖心岛中荡漾，你最深刻的印象是水的净。船工自豪地告诉我们，铁山水库的水不是绿的，而是蓝的，这是完全没有杂质的水才有的蓝，是没有塑料、泡沫和动物浮尸污染才有的蓝。我们学着船工的样子，在湖中掬起一捧水来，一饮而下，一股沁凉从喉头顺延而下，沁凉之后，是丝丝甘甜，这种沁凉的甘甜的味道，是儿时乡下的井水特有的味道，现在乡下的水井，已没有这种熟悉的味道了，而踏遍万水千山，今天，却在铁山水库找回了这种久远的记忆。

水是善隐的水。大隐于朝，中隐于市，小隐于野。到了野，已不需煞费苦心地隐了，一片草就遮了你，一座山就挡了你。这里，自然是"野"，但这片水却处心积虑地把自己隐成了一个绝大的世界。如果只是站在公路上远眺，你看到的，只是这座水库或断或连的一个点，一个个普通得留不住印记的点。深入水库，在小岛间穿行，水库的真容一点点地展现，一点点放大，你明白了，这水不简单。水伴山行，山，弯弯曲曲，每一次转弯，都藏着一片特别的无可复制的景：有的景场面大一些，放得下几艘大船，放得下一群人围网，放得下劲爆的号子；有的景场面小一些，水面只能放一座两座小岛，岛不是雷同的，有的乱石密布，有的苍翠欲滴；有的景只是一条丝带、一弯窄窄的水，却铆着一股劲向前伸展，一直伸进云雾深处……水库把所有的灵秀隐在层峦叠嶂间，隐在深川幽谷中。

岸，是水与山的联络处。铁山水库有长达三百多公里的岸线。山与水之间，有太多的结点，也有太多的故事。所有的水，都来自岸上的山，这片水，没有大江大湖的润泽，靠的收集山上长年不息的脉脉细流，是真正的不拒细流，乃成其大。

岸，把匆匆的脚步送给这片水，生离与死别，留恋与无奈，多少故事写在水岸相连的地方。这片水下，曾经是大片大片的村庄。因为这片水，因为山外百万人的饮水安全，村庄的人义无反顾地搬走了，他们把杂乱的生活物资连同祖先的骨殖，一起带到一个完全陌生的世界，长久地离开了这片水。但还有一些人留了下来，留在水线上。守着这座山，望着这片水，忆着那些扯不断、理还乱的陈年旧事，把一个个日子打磨得沟壑纵横。

岸上的山边，间或闪现一幢两幢新修的民居，有的气派，有的简陋。多少年后，有人回来了。离开了这么多年，经历了这么多风雨，无论是富裕还是贫穷，无论得意还是失落，他们都固执地选择回到这里。回到生他养他的地方。尽管这里已没有了赖以生存的土地，但这里，有他们儿时、少时、年轻时的梦，他们只有回到这片流过汗流过泪甚至热过血的土地，才能让那些漂泊的梦安静下来。

我在一处浅水边上岸，扑面就看见一座坟、一座普通的坟。如果不是坟前的一块石碑，没有人会停下匆匆的脚步。这块石碑记载了一个让人为之落泪的故事——这座坟的主人曾为修建这座水库失去了一只手，这只手就埋在这座坟里，它一直在痴痴地等着它的主人。多年后，主人终于来了，残缺的躯体象征性地合为一体。坟的主人，完成了仅有的愿望，心满意足地走了，在另一个世界，空空荡荡的衣袖再也不能折磨他，他可以好好地睡好每一天了。

山，涵养着水源；水，流进了人的血脉；人，无论生死都坚守着一座山、一片水……山依旧，水依旧，人却在岁月匆匆中老去。

不老的是他们长相依存的魂魄……

品味十三村

　　"千军易得，一酱难求。"一句广告词，挟着一段隆隆的历史，挟着一种古朴的厚重，把十三村推到了我的眼前。

　　初品十三村，我品的不是酱，而是史。史不见于正史，但这段史，在山野间众口相传，也成了可信的史。传说中的十三村，不是十三个村庄，而是东吴大将黄盖的十三座军营。十三座军营用古法腌制酱菜，制成蕴涵乡愁的军食，激励东吴儿女，让一座座军营生机勃勃，让一江一湖充塞慷慨激昂之气，让旌旗遮日的曹军气为之滞，神为之散……古韵里的十三村，让香菇、剁椒、豆瓣、腐乳、咸蛋和牛肉，散发出与酱菜不相干的味道，虽隔着山、隔着水，却能闻到它的香、感知它的味。

　　再品十三村，我品的不是酱，而是火。火是文明的起源，有了火，才有饮食文化。普罗米修斯用一根长长的茴香枝，盗到火种并带给了人类，自己却忍受着铁链锁身、神鹰啄肝的惩罚。十三村的掌舵人李国武，在掌管十三村前，掌管的是一家小小的门店。为确立一种经营理念，他放了一把火。他高价收集了一大堆市民买到的伪劣商品，浇上汽油，用普罗米修斯盗来的火种，点燃了这堆为人们切齿痛恨的商品。火，冲天而起，撼动着所有的店，撼动着一座城。他以这样的一种方式，来宣告他和假、和伪、和次的决裂；他以这样的一种方式，来展示他的店，有火一样的真、火一样的诚、火一样的信。在十三村，我们听到了太多与检测有关的故事，听到了太多自虐般的执着和坚持。这家曾经有过迷茫、有过衰落、有过沉沦的企业，在这样自虐式的坚持下，一点点为人接纳，一步步走进千家万户，一次次漂洋过海……

　　细品十三村，我品到的不是酱，而是德。德者，道也，本心也。和李国武相处久了，总有一种错觉，总觉得他的本职工作不是做企业，而是做公益。诚然，他的本心不是一个逐利的人，他所做的一切，在于舍。舍不是施舍，是奉献。舍和德，亲如兄弟，不可分割。李国武奉献得如此心甘情愿，如此深彻，让人肃然起敬。他有一大堆头衔，有长期的也有短期的。有一个头衔他极为珍惜，那就是感动中国的道德模范。从一个小小的门店起家，最后成为企业家的成功人士不知凡几，但从一个名不见经传的下岗职工，成为道德模范的，则寥若晨星，这远比创业艰难。这是李国武用三十年的坚持获得的殊荣。三十年来，他一直在行走，他在街头巷尾搜寻，收集巨量的烟头，只为向人们传递一句忠告：吸烟有害健康。他在废墟中穿行，只为给地震灾区的受灾群众送去一份温暖。他在山岭间逡巡，只为给特困群众寻找一片可以连片开发的荒山。他在湖洲苇林间跋涉，只为穷困潦倒的漂泊渔民呼吁。他在小家和大家中奔走，把给小家的温情，也倾情献给大家，让当地光荣院、敬老院的五百位孤寡老人感慨万千。行走中，他把世俗拉得越来越远；行走中，把享受甩得越来越远。让人为之震撼的是，一个拥有上千名员工的大企业的老总，竟还住在三十年前修建的老旧建筑里，没有专职司机，没有豪华专车，他的行走，在换乘各种各样的交通工具中进行，或者，就是通过双脚来实现……这种舍和德，让人为之沉思。

　　近距离品十三村，已是广告词"千军易得，一酱难求"诞生多年后的事了。十三村有一个巨大的窖室，像防空洞一样曲曲折折地在地下蜿蜒伸展。窖室里，一只只硕大的陶缸分行排列。陶缸里，是十三村的主打产品香菇酱。静谧的时光中，这些用古法酿制的香菇正在从容发酵。和所有的酱菜一样，一片嫩嫩的香菇成为酱，需要水、阳光、配料和时间最默契的配合，一步都不能省，一步都不能乱。安静、从容和默契弥漫在窖室，也弥漫在十三村。在十三村酱文化园里，走进古朴的门楼后，你听不到嘈杂的声音，看不到喧闹的场景，你看到的是安静，看到的是祥和，看到的是自然……所见、所闻，无一处有刻意的修饰，无一事有特别的炫耀。就像那些透着古意的陶缸，始终让人置身在传承、厚重和默契之间。

天地悠悠，凡事皆有源。十三村文化的源头在三国。在十三村，我一遍遍重品三国，我品到了特别的味道：除了睿智的深远之谋，除了浩然的英雄之气，除了慷慨的赴死之义，我还品到了德、品到了和、品到了人心。

重品十三村，味蕾之间，我品到了和其他酱菜不一样的味，这种融合了史、融合了火、融合了德的酱菜，它不仅有纯净的色、浓郁的香、绵长的醇、本真的味，还有一份与众不同的执着、真诚、奉献和坚守，让每一个品味的人痴迷和沉醉。

园艺

　　这些年，走过很多村也访过很多寨，但没有一个村一个寨像园艺一样让我难忘。

　　我是因 1998 年的那场洪水来到园艺的。那年，我还是一个参加工作不到四年的毛头小伙。园艺是一个极为特殊的村级基层组织。属岳阳新墙镇管。它的特殊之处在于它一半是村民、一半是居民。村民归园艺村委会管，居民归园艺居委会管。这种情况，在全县仅此一例。

　　我先到的是园艺老街。老街很老了，街上年龄最大的三大爷当年八十九岁，三大爷三年前的大年三十吃了什么记得清清楚楚，却硬是记不清这条街有多老，问急了，他就说，他爷爷的爷爷在时，这条街就在了。到了老街，随便走进一幢房子，说不定居民就会告诉你：那是清代传下来的，到现在一块砖、一片瓦都没有动过；随便遇到一口井，居民会不露声色地说，这井也没什么特别，只是井栏是明代一个不怎么出名的石匠的手艺。

　　街不时髦，春花、秋月、人杰、地灵之类的文气很重的名字一个都不用，街名就叫老街，从三大爷爷爷的爷爷那时一直叫下来，从没人想过

174

要换一个时兴的名字。

街不时髦不代表街的普通，老街还真不是一条普通的街，它有两个出口，一头连接的是水路，一头连接的是陆路。水不是普通的水，是著名的新墙河的水。路也不是普通的路，是北上北京，南下广州的交通要道。在没有通铁路、没有通高速公路的时代，新墙河是重要的航运通道。岳阳大半个县的物流都要经过新墙河，而园艺老街的尽头正是新墙河河埠头。在过去，老街人开一个小店，一年的收入供一家人生活绰绰有余。而在过去的过去，老街人挑一担剃头挑子到河埠头转一圈，剃头所得就能供全家人吃喝十天半月。

老街的没落是因为时代的发展。铁道通了，高速通了，河运毫无悬念地衰落了。更兼20世纪70年代兴起的围垸造田，新墙河河道日益蚕食，河床严重淤塞，大船进不来，河埠头永久地废弃了。老街的兴盛史画上了句号。

园艺村也不是普通的村，它也是有故事的。它的故事是在老街兴盛史画上句号以后。河运衰落后，一条连接国道的柏油路穿过园艺村。园艺村人在路旁修了两排式样一模一样的二层楼房。楼上住人，楼下做杂货生意。因为位置好，生意也好。久而久之，经过园艺村的这段路就被称之为园艺新街了。园艺新街人有一绝：大蒜种得好。园艺新街家家户户种大蒜，那蒜和别处的不同，不仅粗大，还特别香。每逢过年，附近的乡镇都要来园艺买大蒜。园艺的大蒜最适合炒腊肉，东边乡里人过年待客，主菜当然是腊肉。但主人总不忘提醒一下，这腊肉是用园艺的大蒜炒的。园艺新街、园艺大蒜支撑着园艺村与外面世界的快速融合。园艺老街的辉煌一步步地被新街延续。

园艺居、村委会是很有特色的组织。居委会主任人称师爹。称师爹不仅是因为师爹的年纪大，还因为他的任职期限长。师爹任了多少届主任，他自己也记不清了。换届时，居委会委员换过一茬又一茬，但居民从没想过换主任，不是没人可换，而是压根儿就没人想过要换。师爹的特点是脾气好、处事公平。换届时，照例清账，师爹每届任期的账都清清白白、没一笔糊涂账。这是居民不想换主任的主要原因。村委会三个头，黑松一个、毛六一个、步孝一个，各有各的特点。黑松声粗气大，易激动，但心里的算盘打得鬼精鬼精。毛六瘦瘦小小，性格柔和，凡事不出头，出头也以和稀泥为主。步孝声不粗气却壮，为人直率重义，处事公直。村委会开会，首先是吵，吵得不可开交了再由毛六来和稀泥，稀泥和不成时，必要步孝说话，步孝一说，事情基本就定局了，这时，黑松才拍得成板。和居委会的情况相反，园艺村村委会换届时，主任不知换过多少茬，但委员步孝一次都没换过。

一

　　我到园艺不是来听故事的。我肩上的担子比园艺老街一街的古物还要重。我到园艺是坐船进去的，园艺的大片土地和一条园艺老街全浸在水下。

　　房子、田地浸到了洪水下，街和村就不叫街，也不叫村了，统统叫灾区。居民和村民也不叫村民、居民了，统统叫受灾群众。受灾群众有受灾群众的待遇。受灾群众的待遇中必须有一个帐篷，在垸里建的房子都在水下，这部分受灾群众要住。受灾群众待遇中必须有粮食，待收的粮食在水里，受灾群众不能只喝水，还要吃饭。受灾群众享受不到受灾群众的待遇，紧张的不是受灾群众，而是上面。园艺村、园艺居委会的电话打到乡里，乡里打到了县里，县里打到了市里。市里、县里、乡里紧急运来了一些物资，有帐篷、大米，也有方便面，还有一些罐装食品。有了这些东西，黑松的底气足了。黑松的底气一足就开始吹他那只铁哨，他吆喝人不说，只吹。黑松的铁哨一吹，男人们就忙起来，忙着搭帐篷、砌灶台；女人们也忙起来，忙着烧火、做饭。田地里都是水，忙着的闲着的人都闲得慌，现在村里最大的事就是做饭、吃饭。村里统一掌握上面送来的粮食和

176

物品，全村人一日三餐都在空着的村小学里统一开餐，白米饭随意吃。菜不能随意吃，冬瓜、南瓜、辣椒，碰到什么吃什么，不能尽量。来得早的吃得多一些，来晚了的吃得少一些，也可能吃不到。吃不到菜的可能会骂几声，骂村里，也骂上面。骂村里时要小心，不能让黑松知道，黑松一天到晚忙得脚不沾地，肚子里装的不是水、不是饭，是火，惹火了他会有麻烦。

骂得最凶的是三棉油，三棉油是园艺村出了名的混子。他不种田，不种大蒜，也不开店，整天东游西荡，村里把这样的人叫作"混子"。三棉油最近去了趟城里，他去城里别的没学会，学会了骂人。园艺村人骂人，骂得最厉害的都和烹饪有关，如：砧板剁的、油锅炸的、滚水烫的……城里人骂人不说"剁"、不说"炸"、不说"烫"，只喜欢说"炒"，一不满意就"炒"一下。三棉油看不起城里人，他嫌骂人不过瘾，他自作主张把城里的骂法改变了不少，他不只说"炒"，他在"炒"的后面加上一大堆园艺村的东西，他说得最多的是"炒"他娘，有时也说"炒"他祖宗。那天他正在"炒"这个"炒"那个，正好碰到黑松来了，黑松一来，他"炒"不下去了，他只得自觉拿了把锅铲，正儿八经地炒起来。黑松没看他炒菜，只黑着脸转了一圈走了。如果是骂乡里，乡里的人听到时，脸也黑，但他们不转圈，也不走，他们会从随身带的公文包里拿出笔和笔记本，认真记一下，他们记下了才走，记下了，上面还是不时送米来，还是没有菜。

师爹那边的情况好一些，老街的原居民差不多全搬走了，剩下的老弱病残也投亲靠友了，只有一个叫蒋得文的残疾人一家没地方去，师爹把他一家送到了镇敬老院寄住，老街居民住和吃的问题算是临时解决了。

我来园艺的目的是来看园艺村、居民的吃和住的，是来搞清楚园艺的倒房情况的。灾民不能长期住帐篷，洪水一退，秋风就来了，随后，冬天的雨雪也会跟着来，单薄的帐篷挡得了雨，但挡不了寒。上面很着急，硬性规定必须在年前帮助受灾群众恢复住房。

帮受灾群众恢复住房最关键的是搞清楚受灾群众的倒房情况。倒房不难搞清楚，一幢幢地看、去数就行了。但房里住的人，住了多少户，除了户主自己，谁也说不清。也不是说不清，是不愿说。洪水还没有退，房还在水下，我没法到水里数房子，只好交给居委会和村委会自查。等到居委会、村委会以户为单位的救助款分配表公布时，居民和村民同时炸了锅。告状的，上访的，骂"剁"、骂"炸"、骂"烫"的都来了，像过年一样热闹。骂得最凶的还是三棉油，他从早晨骂起，一直骂到中午时分。中午时分，步孝来了，步孝来了他还是骂，步孝就冲他吼，步孝一吼，三棉油不骂了，他把那张公布倒房补贴款的红纸扯了个稀巴烂。我没办法作声，只能看他们闹，听他们骂。我知道，无论是村委会还是居委会，都没有认真查。现在唯一的办法是，我亲自重新调查。

第二次调查时我学乖了。除了步孝，不要任何人陪同。调查哪户，哪户的户主必须在场，不在的推后。调查时，无关人员不得围观。步孝一来，事情好办了。说谎的，步孝毫不留情地揭穿；无理取闹的，步孝针锋相对硬碰，进度快得很。第二次公布，那张红纸在村部前的墙上经风经雨地贴了十多天，再没人来撕、来扯。

我就这样和步孝成了好朋友。步孝还有一样让人难忘，那就是他老婆的菜做得好，尤其是坛子菜，一闻那特别的酸味，口水就不声不响地流了。每次去园艺，我都拒绝去村部吃招待餐，而要求到步孝家吃搭伙饭。我知道，到村民家吃饭，村里是有补贴的。

二

倒房款发完了，安置问题来了。这么多倒房户，如就地建房，洪水再来，又会淹，等于白建。我的顶头上司，姓冷但有一副热心肠的冷爹拍板，在山上开基，集中建灾民新村。但问题又来了，山上的地，是村民赖以谋生的大蒜基地。要建新村，就要废地。地在山上但房子没有被淹的村民不愿意。还有一个问题，我们提出，有几户老街的居民也要安置到山上，这个问题，反应很激烈，不仅村民不同意，村委会也不同意。

居委会现在是井水不犯河水，但过去不知吵过多少架。吵架的主要原因大多还是因为洪水。街和村连着，街过去就是村。洪水不管街还是村，它一来，不仅淹了街，还会淹了村。挡洪水靠的是街头靠码头的那段堤，那段堤年年要修，年年修，才能保证堤不垮，年年修堤靠老街修不了，乡政府协调村居委会共同修。共同修堤村居委会没意见，有意见的是修堤物资和劳力的比例。园艺村坚持，老街居委会要出大头，园艺最多只能出小头。老街也坚持，堤保护的不只是老街，还有园艺，所有必须平均分摊。为了那段堤，乡里年年要协调一次。物资和劳力的分摊比例协调好了，麻烦又来了。麻烦还是在修堤，修着修着，为一点鸡毛蒜皮的事，居民和村民就吵起来了。居民和村民吵，先是吵，后来就骂，再后来还可能打起来。一打起来麻烦就大了。吵几回、骂几回、打几回，园艺村、居委会间的关系就不协调了。村民、居民的关系也不协调了。

老街鼎盛时，老街的居民瞧不起村民，常变着法找村民的碴儿。老街没落了，老街人在老街待不住了，大多外出谋生。他们中也有发达的，他们发达了，回老街时，如果是开车来，总要摇下车窗绕园艺新街一圈，不仅绕圈，还把车载的音响打到最大，震得一条新街的村民恨得咬牙切齿。

建房用地的问题解决不好，年前完成受灾群众建房的任务就无法完成。我急得茶饭不思，赶紧向冷爹求援。冷爹从另一个受灾群众集中点连夜起来，连夜主持开会。先召集村委会开，村委会开完了再召集居委会开，居委会开完了，再到村民家一户户走访。走访了几个来回，村委、居委会思想通了。村民除三棉油坚决反对外，其他的思想也都通了。三棉油不是反对居民到村里的山地上建房，而是反对征用他的地。三棉油的地不怎么样，但位置好，处在山地的正中央，他反对，整个方案没法实施了。最后，步孝出面了，这回，步孝没有吼，也没讲直话、硬话，只是拉着三棉油到外打了个转，进来后，三棉油不声不响地在让地协议上签了字。

1998 年的深秋，我们在园艺的工作圆满结束。紧挨着的两处山地上，两个新村气势恢宏地连成一片。新村是冷爹亲自设计的，有池塘、有菜地，房子造型别致、排列整齐，村里交通便利，就居住而言，无论环境还是舒适度，都远胜过街边上灰不溜秋的火柴盒般的二层楼房。新村的门头也是冷爹设计的，所有经过园艺新街的人一眼就能看到那个气派的门头。新村是全省的样板，领导到村里视察时，在一个叫袁定珍的老人家聊了很久很久。

三

阳历 1998 年只剩几天的时候，园艺居、村委会来了一大群人。这回不是来单位上访的，也不是来闹事的，是来送锦旗的。带头的不是居、村委会的干部，而是三棉油。锦旗上写着八个大字："建我新村、惠我灾民"。

快过年时，村民、居民鼓动着要请冷爹和我吃饭，我们拒绝了。但几天后，步孝来请时，我们却没法拒绝。因为步孝声称，这是他私人请，与村里、居委会无关，也与村民、居民无关，冷爹只好同意。那是那一年我吃得最轻松、最开心的一顿饭。

饭后，我特地借故查了查村里的账，发现步孝没在村里领过一次生活补贴。

后来，我们知道，坚决反对让地的三棉油让步是有原因的，原因是步孝拿自己别处的一块好地跟他换了山地。其实是步孝让了地。

其实我早就知道，我们的第二次建房补助榜也不完全准确，步孝在我们第二次公布的建房补助榜上塞了"私货"。孤寡老人袁定珍和重度残疾人蒋得文的名字被步孝公然挂在榜上，他们没受灾，也没倒房。奇怪的是，明明违规的事，为一点点不平衡吵得乌烟瘴气的村民、居民却无人举报，这让我深为感动。从那一刻起，我原谅了村民、居民所有的"可憎"。

洪灾过后，园艺老街的居民不是搬到了新村就是远迁他乡，那些清代的建筑、明代的老井慢慢地塌了。尽管老街还像一个老迈的老妪战战栗栗地立在风雨中，但没了这些承载历史的古物，在我的心中，园艺老街算是没了。

十一年后，黑松寻到我在市里的办公室来了。看到黑松我特别高兴，但还没高兴完，我就心就沉了下去。黑松不仅是来看我的，他还是来告诉我一个让我震惊的消息的。他告诉我：步孝也没了。壮实的步孝死于癌症。他还告诉我，步孝死后全村人才知道，步孝是这样一个人：有他时不觉得，没他时万万不行。

1998 年，我明白了很多与洪水无关的事……

刘备

写刘备是因为游了一趟刘备洞。

刘备洞并不是洞，只是一条长长的峡谷——岳阳县饶村乡境内的一条普普通通的峡谷。现在是岳阳县新辟的一处景点。

这条峡谷离赤壁仅一百三十余公里。急行军不过一天的路程。但刘备从赤壁走到这里，却整整走了数十年。

走到刘备洞时，刘备已四十多岁，年近半百。在今天，如果电视里说，一个年近半百的老人如何如何，大家肯定会哑然失笑。但在东汉末年，一个能活到半百的人，他已是那个年代的幸运者了。那时，荆楚之地有一句民谚：三十不做板，你太大胆。这句话里的板，意指棺材。那个年代，三十岁死，是极为正常的现象，用不着过分的惋惜。但建安十四年（209 年），刘备压根儿没有想过要为自己准备棺材，因为他生命的奇迹才刚刚开始，也因为从那一天起，他终于可以看到一生中最妍丽的风景了。

峡谷口放着一张竹躺椅。一位精神矍铄的白发老人站在谷口。老人捧着一壶茶，笑吟吟地望着刘备。这个不带一点风尘之气的老人和这壶沁凉的茶，把刘备一身的燥热驱逐得无影无踪。在这个纷乱的世界，一个历经沧桑的老者发自内心的微笑，如一剂强心剂一样，足以让一个疲惫的行者振作起来。谢过老人，喝完一壶凉茶，刘备在躺椅上躺了下来，关、张左右侍立。一躺下，往事就像这条峡谷的清溪一样，脉脉地在脑海中淌过。走到今天，刘备太需要一个这样安静的所在，来梳理一下匆匆岁月了。

刘备是草根，家徒四壁。但他不是一个普通的草根，他的血管里流着汉高祖刘邦的热血。他是刘邦的第十九代孙。高唱大风歌，开创大汉时代的刘邦绝没有想到，有一天，他的子孙里，有人会潦倒到一日三餐难以为继的程度。君子之泽，五世而斩。那么多代了，老一辈的光，刘备一点都沾不到了。唯一沾得到一点光的是屋门旁的一株参天大树，其冠如盖。刘备曾说，我当乘此盖。有人附和说，此家必大贵。贵到什么程度呢？这人没有说明，但给人留下了无尽的猜想。这种猜想是可以杀人的，如果是有人密报当政者，也许会给刘备一家招来灭门之祸。只是那时，没有人肯花心思来算计穷得叮当响的刘备，这让刘备幸运地躲过一劫。但这种猜想，这种植于血脉的正统荣耀，还是一点一点在刘备的心底发生作用，导引着刘备的人生。

那个年代，没有祖宗的荫庇，没有强大的实力，要想做出一番事业，难度有多大呢，答案是无限大，大过孟姜女哭倒长城。那时，一个白身草根，要想为官，他有两条路可走，一条是通过察举，一条是建立军功。通过察举要有人推荐，概率是每年从二十万人中推荐一人。而军功是以人头计的，如果不发生战乱，砍人头的机会少得很，立军功的机会也小得很。刘备是草根，经历很简单，简单到不过是出了一趟门，跟卢植读了两年书，他书读得不是太好，因为他对寻章摘句的经学没有太多的兴趣，写不出"日月之行，若出其中。星汉灿烂，若出其里"之类的名句，而且因为家里穷，书还不能久读，一段时间后，他不得不放下皇族后裔的架子，放下所有的梦，去从事能够养家糊口的生计：织席贩履。一个沦为小贩的草根，一个没有特殊经历、声名不著的草根是不可能进入察举者的视线的。但他是一个不甘平庸的人，他的心中总有一股不为人知的力量在激荡，在激励着他追寻。贩履期间，他结识了关羽、张飞，而且一见如故，他们走进一座桃园，手挽手站在一起，对天盟誓，不求同生，但求同死。这种死，不是老死，而是要信大义于天下，为天下死。他们结义时到底说了些什么已无可查询了，但结义后，他们做的第一件事是打造兵器，招兵买马。刘备打造了双股剑，关羽打造了青龙偃月刀，张飞打造了丈八蛇矛。三般兵器一次打成，三般兵器同根同源，兵器外形各异，但心脉相通，三般兵器成了他们的标志性武器。

刘备三兄弟和他们标志性的武器最华丽的亮相是在虎牢关前。此前，持青龙偃月刀的关羽已在天下诸侯前亮了一次相。他一刀砍下了耀武扬威的华雄的头，这也就有了"温酒斩华雄"的壮举。华雄死后，吕布来了。吕布举着方天画戟在阵前挑战，应战者只有一个结局，那就是立死，诸将魂飞魄散。刘备没动，在将星云集的诸侯里，刘备寂寂无闻，还轮不到他上。但张飞看不下去了，挺着丈八蛇矛杀了出去。很快张飞就顶不住了，关羽赶紧上。这时，刘备不能坐视了，他举着双股剑杀入了战阵。吕布挡不住这三种心意相通的兵器，他只有退。他一退，成就了刘备。天下诸侯从此知道，天下有人能击退吕布。

刘备最华丽的亮相并不在虎牢关，而在朝堂。建安四年（199年），刘备投奔曹操，操厚待刘备，并向献帝引见。献帝检阅族谱，尊为皇叔。这是他一生中最难忘的一天。这一天，他的身份得到了皇室的确认，他成了许都冉冉升起的政治新星，成了人们注目的中心，他心中的大树之芽迅速破土而出，随风生长。他心中若暗若明的人生志向在那一天清晰起来，他明白自己要做什么了，他确立了兴复汉室的远大理想。这是他由一个草根，真正从心理上走上政治舞台中央的关键的一个转折点。从这一天起，他不再迷惘，不再想依托任何人。但这一天，也为他埋下了杀身之祸。他敏锐地察觉到了这点，他的对策是在闹市中种菜自娱，以此告诉帝都真正的掌权者，刘备实无大志。而曹操不这样认为，一次煮酒论英雄，曹操对刘备说，天下英雄，唯使君与操尔。听到这句话时，刘备吓得筷子都掉了。极目四望，凡是自称为英雄或是被人称之为英雄的人，都被曹操整得落花流水了。今天，无兵无将无地盘的刘备却被曹操许为英雄。一叶落而知天下秋，刘备知道，属于他的安静的时间不多了。他没有了退路，他只有选择抗争。于是他开始了再次逃亡。经历了数场大战后，他避到了新野，一个弹丸之地。在这里，刘备沉静下来，在招兵买马的同时，也开始招贤纳士。

　　风吹过。峡谷中的风远较谷外的风来得猛烈，一片片落叶在风中舞动、飘荡。正如刘备沉浮的命运。沉浮是刘备前半生最准确的概括。投军后的刘备三兄弟一直在拼杀，破黄巾、杀华雄、战吕布，胜过、败过，陷入过绝境，也杀出了重围。拼杀中，一大批人脱颖而出，他的同窗好友公孙瓒已是一方大员了，而他仍然在县令的层面浮沉，兵不足千，将止关张赵而已。转眼间，他已经年近四十岁了。四十岁之前，他四处寻找可以依附的力量，先后投靠公孙瓒、陶谦、吕布、曹操、袁绍，寄人篱下，流离四方，可谓一事无成。但无论得意还是失意，刘备从没有放弃过，哪怕败得只剩下一人一骑，也没有想过要放弃、要退缩，一股坚韧的力量支撑着他，在最无助的时候源源不断地给他以信心。他从来没有沉沦过，无论当什么官、做什么事，他都能做到有信有义，与民为善。当平原令时，刘备与百姓同席而坐，同簋而食，深得民心。有人不服，请刺客去杀他，刘备礼遇刺客，刺客深受感动，不忍加害，吐露实情而去。别人赢得了地盘，但刘备赢得了民望、赢得了人心。这为他的一生真正扎下了根基。

　　拼搏半生，一事无成者何？在大雪中的隆中，诸葛亮一言就破解了刘备心中百思不解的疑虑：非惟天时，抑亦人谋也。继而，诸葛亮给出了刘备奋斗的终及方向：跨有荆、益，保其岩阻，西和诸戎，南抚夷越，外结好孙权，内修政理。这是真正的"闻君一夜话，胜读十年书"。刘备一下子就清醒了。他模糊的奋斗目标终于变成了清晰的远景蓝图。问策隆中前，刘备三度去访诸葛亮，但直到第三次才见到二十六岁的诸葛亮。诸葛亮太年轻了，而太年轻的诸葛亮知道自己的出场不能太简单。窗外大雪纷飞，窗里诸葛亮在"沉睡"，年近半百的刘备在榻前待立。他待立了大半天，就是这大半天，把二十六岁的诸葛亮所有的犹豫都驱逐了。二十六岁的诸葛亮翻身而起，他再不犹豫了，他向刘备亮出了他的棋盘。这个棋盘一亮，荆襄间，一场载入史册的大战进入了倒计时。

这时，天下大势已经很清晰了。公孙瓒、陶谦、吕布、袁术、张绣、袁绍、韩遂等一代风云人物都已英雄不再，他们穷尽一生甚至几代积累的政治资本瞬间风流云散。他们曾经是那个时代的夜空最亮的星群，依托皇朝，他们在各自的地盘建立了常人难以想象的功业，但有一天，他们要独自面对天下大势时，他们迷失了，迷失在强敌窥伺的原野。而现在，他们已永远退出了那个时代的舞台。现在这个舞台上只剩下了曹操、孙权、刘备、刘璋、张鲁等寥寥数人。刘备最弱，只有一个新野小县。但他不再是过去的刘备了，有了诸葛亮的加盟，他的羽翼已经丰满。二十六岁的诸葛亮提出的主张是东联孙吴，北拒曹操。随后，他起身去东吴，在东吴，诸葛亮舌战群儒，智激孙权，草船借箭，又借来东风，助周瑜火烧赤壁，一场大战，挫败了曹操一统天下的梦。一场大战，诸葛亮在荆襄间留下了一个个像火一般耀眼的传说。没有人愿意去穷究这些传说的真假，不是没有办法去穷究，而是宁愿信其有，不愿信其无。这就是民心。打完这场上下一心的大战，刘备迎来了生命中里程碑式的一个节点，他借一战之威，取得了安身立命的荆州，终于拥有了可以和天下英雄一争高下的资本。

在刘备洞中休整月余后，刘备带着他的精锐马队，带着他越来越多的追随者，沿着设定的目标，杀向新的战场，开始了新一轮命运的淘洗。

刘备终于成功了，十二年后，他建立了蜀国。他的历史，是一个草根走向权力巅峰的经典的成功史，是一部百折不回拼争的励志史，他是那个时代当之无愧的英雄。

诸葛亮成功了。他的成功在于他践行了他的诺言：鞠躬尽瘁，死而后已。刘备死时，他把蜀国和他的儿子一起托给了诸葛亮，诸葛亮成了蜀国真正的主宰。二十一年后，四十七岁的诸葛亮写了传诵千古的《出师表》，字里行间，满是忠诚，也满是无奈。没有刘备的支撑，诸葛亮越走越艰难。那时，他已完全明白，他成就了刘备，但刘备也成就了他。没有刘备的蜀国，很快就接近末路了。

关羽也成功了。刘关张中，他死得最早，但他封号最显。他很早被汉帝封了侯，后来又被刘备封为五虎上将军，他死后，刘备追谥他为壮缪侯。但他的封号没有停止。他被尊为关王、关帝，一直推到武圣的高位。直到现在，乡野间，还处处可见大大小小的关帝庙。他的手中没有青龙偃月刀了，刀在周仓的手里，他的手中只有一本《春秋》，他由一个威震华夏的武将，成了一个正儿八经的读书人。他的忠、他的勇、他的义都在一部《春秋》里。

今天的刘备洞中，刘备手植的龙树，在历经千年的风雨后，依然生气勃勃；今天的刘备洞中，桃园三兄弟的庙宇，在历经劫难后，依然香火鼎盛。风过去，隐隐有战马的嘶鸣，我知道，那是那个时代的一股英雄气，仍然在天地间驰骋纵横……

岛

岛在八百里洞庭湖中。

平如玉镜般的湖，不知何时起，有了一座岛。岛不大不小，再小一些，称为岛就很勉强了。

岛不是贫瘠的岛，岛上有山、有树、有兽、有茶，无一不备。岛开始无名，它立在湖中，安静而自得。来来去去的，不是渔夫就是樵夫，不是樵夫就是渔夫，他们只是把岛作为砍柴、捕鱼后的临时休息之所，他们没有闲暇赋诗、作游记，也没有闲暇去吹嘘湖中岛的安静和秀丽，在渔夫和樵夫的陪伴下，岛就这样默默无闻地守着一座湖。

一

舜来了，行色匆匆的舜，同样没有留意这座岛，他的胸中藏着天下，他在岛上略作停留，就南巡去了，再也没来过。他不是不想再来，他来不了了，南巡中，白发苍苍的舜帝崩于苍梧。

舜的夫人来了，夫人不是一个人，是两个人，一个叫娥皇，一个叫女英。两位夫人一路追寻舜，追到洞庭湖，遇到大风大浪，无奈之下，她们登上岛，在岛上，她们得知了舜的死讯。

没有了舜，两位夫人茫然了。天地之大，竟不知向何处去。她们留下来。每天在岛上漫无目的地行走，奇山、异木、翠竹在她们的身边闪过，没有一景能进入她们的心中，来来去去的，只是舜的影子。她们的一生，就是为舜存在的。她们的父亲尧将她们嫁给舜时，对她们有明确的交代，她们不仅要做舜的妻子，还要考察舜的德行。不仅要考察舜是不是一个好丈夫，还要考察舜是不是一个合适的帝位继承人。与其说她们完成了考察，不如说舜以他博大的胸怀和完美的品德征服了她们。她们发自内心地爱上了这个人，这个好儿子、好兄弟、好丈夫、好邻居、好首领。开始，他们和父母，和兄弟一起住，后来，邻居聚过来了，族人聚过来了，流民聚过来了，他们住的地方成了一个大部落。这个部落又吸引着另一个部落，越聚越大。舜的特别，在于他的胸襟，他能忍、能容、能博采众长，他是一个能从精神上征服大众的人。

现在尧死了，舜也死了。尧死时，她们有过悲伤，因为他是她们的父亲，还因为他是一个视天下为公的贤者。舜死时，悲伤已不能形容她们内心的感受。刹那间，她们明白了，她们和她们考察了一生的人，已连成了一体。现在，她们除了无尽的悲，还有入骨的痛。她们抚竹流泪，泪水一点一点渗入竹子，竹变成了斑竹。悲过、哭过、痛过后，两位夫人一跃入湖。

曾经天人般的两位夫人从此化成了缥缈的印记，湖面上，再也看不到如云霞般飘荡的裙袂了，但她们美丽却长久地留在岛上。风停了，浪止了。湖和山恢复了平静，但湖莫名地多了些冷漠，岛莫名地多了些悲壮。樵夫再不敢独自上岛砍柴，渔父再不敢独自留岛休憩。岛因之沉寂。

不知多少年后，一个奇男子上了岛，他是彭玉麟。他在两位夫人的墓地前长久地站着，站着站着，他的脑海里没有两位夫人了，只有一株梅花。他说过，一生知己是梅花。梅不仅是他的知己，还是他的至爱。他的恋人叫梅姑，他们青梅竹马，两小无猜，甚至私订终身。但他们没有办法结合，梅姑不仅比他年龄大，还比他的辈分高，比他的年龄大他无须顾忌，但比他的辈分高他就毫无办法了。最终的结局是有情人难成眷属，梅姑一朝嫁作他人妇。但她的结局早就定了，她早早就憔悴而死。梅姑死后，彭玉麟从此浸淫于画梅中。在两位夫人的墓前，刹那间，彭玉麟完全理解了两位夫人心中的悲和痛，也完全理解了梅姑心中的悲和痛，他痴了、呆了，泪如雨下。拭完眼角的泪，他决定为两位夫人修墓。民国时，舒绍亮游君山，他感彭玉麟的痴心，也伤两人夫人之逝，情不自禁地写下：君妃二魄芳千古，山竹诸斑泪一人。人生得一知己足矣，舜有德，他不仅有天下，还有两位知己，他的一生，可以无憾。

二

屈原来了，他是被放逐来的。屈原来时，这座岛上蓬蓬勃勃地长着一丛丛的艾。在这样一个风景极佳的岛上，没有人会特别注意气味独特的艾。但屈原知道，艾不是普通的植物。那个时代，艾是人们心中疾病的克星。无论是病还是毒，一剂艾汤就能药到病除。艾还是蚊虫的克星，燃起一把艾，肆虐的长脚蚊立即望风而避。艾的内心是高贵的，它从不屑与名花奇草为伍，它总是与它们保持着长长的距离。它最不喜装饰自己，它总是素面立在大自然的风雨中。过了五月，它开始从人们的视线中淡出，人们不再关心它的生死，就像它从未在原野上出现过一样。一株风雨中的艾，自顾自地在原野上生长，不论人们以何种目光注视，也不论注目者的高贵与微末，它总是保留着与生俱来的独特的气质，不媚俗亦不自弃。

看着这一丛丛的艾，屈原暗自神伤。一丛艾的际遇和屈原神似。只是屈原和艾不同，他生来就是贵族，不像野地里的艾，没在莽莽的绿色里。但在贵族里，他是普通的，是普通得不能再普通的贵族。他的引人注目是他不一般的才华。他是一个诗人。那时是一个诗的时代，史官笔下呆板得如同竹简一般的记述体难以表达复杂的情感，人们把汹涌的情感倾注在一咏三叹的风、雅、颂里。那时，诗是集体创作的，一首诗的传诵，往往经过了数百年的集体锤炼。这些诗当然是经典。经典有经典的高贵，经典是不容挑战的，因为它太完美。经典也有经典的局限，局限正是因为它的不容挑战，相沿以袭数百年的自我封闭，它不比一片冰冷的竹简更有温情。屈原的诗大胆地打破了诗约定俗成的框框，他创立了骚体，一种想象奇特、内容丰富、思想活泼、气势奔放的文体。屈原的诗，大量借用神话材料，大胆地幻想，在他的诗中，他曾命风雨雷电云月作自己的侍从，让凤凰和龙为他拉车。他使诗歌的境界大为扩展。相对传统诗歌而言，这是一种突破，一种从形式到内容的全面突破。这种突破对后世文学的影响至深。

一个诗人、一个诗歌成就如此高的人，他应该有自己的位置。就像一株艾，它只凭它的药用功效就可在植物界占据重要位置。但不幸的是，屈原不仅是一个诗人，他还是一个富有战略眼光的贵族；更不幸的是，屈原还是一个耿直、个性鲜明、宁折不弯的贵族。相对于楚国的主流社会而言，他的所思所想所言所行都是叛逆的。他所提出的政治主张一一击中楚国的软肋。屈原挑战的是整个统治集团，是整个守旧势力，他得到的只能是集体的反扑。

屈原从楚国的政坛消失了。在一个一人独唱而没有应和的环境，这种消失是注定的。他被流放到江南，携着一大堆经典的著作，携着满腔的孤愤，他从郢都出发，先到鄂渚，继而一头扎进南国的梅雨季。

智者乐水，他的一生都和水有关。刚来流放地时，天下之大，除了汨水这片狭窄的天地，再无他的容身之处。刚来时，他在汨水徘徊，偶尔也到洞庭湖，他可能在渔父的帮助下，登上了湖中的这座岛，看到斑竹，听到风中传来的隐隐的哭泣声，早已心如止水的屈原心动了，"横流涕兮潺湲，隐思君兮悱恻""荒忽兮远望，观流水兮潺湲"……一句句如空谷之音的句子在他的心空闪现，写过《离骚》，写过《九歌》，写过《天问》

的屈原，以特别细腻的笔墨，写了《湘君》，写了《湘夫人》。他复活了一个凄美的故事，复活了一段深沉的情。岛因此而肃穆，湖因此而潺湲。因为屈原的《湘君》和《湘夫人》，岛就有名了，但它的名字里没有湘，只有君，就名君山。

屈原生命的最后驿站不是君山岛，而是汨罗。汨罗因一条江而得名，一条很小的江，但在当时，江面可能很大，因为屈原一直在江边行走，且似乎永远没有尽头。他边走边梳理他的诗，梳理他的政治主张。风雨中，他愈走愈坚定，他认为，他的诗歌创新是正确的，这些源于生活的诗歌，赋予了诗最旺盛的生命力。他认为，他的政治主张也是正确的，他提出的奖励耕战、唯才是举、移风易俗等法治思想，令贵族集团闻之色变，但这正是楚国国民心中的期盼。

他把生命中最后的辉煌留在汨罗，他写成了《渔父》。"沧浪之水清兮，可以濯我缨；沧浪之水浊兮，可以濯我足。"这是汨罗江人对屈原善意的抚慰，他们希望屈原停下行走，也停下寻找，留下来，平和、安静地度过晚年。但屈原拒绝了，和艾一样，他不能媚俗，也不能同流。他并不是因诗而生，也不是因心中独特的政治主张而生，他为这片国土而生。国家，在屈原心中之重重逾生命，尽管他没有任何能力去改变这个国家了，尽管国家舍弃了他，但他不能没有这个国家。他在江边行走是因为他在等待。一直等到公元前 278 年五月，秦国名将白起攻陷郢都。消息传来，屈原心中最后的幻想破灭，投汨罗江而死。

屈原不知道，他的一跳成就了艾，那年的五月，人们为了不让屈原的遗体受到蚊虫的侵害，自发在他沉江的地方燃起一丛丛艾叶。从那一年起，一到屈原自沉的那天，家家户户都要在大门上挂一把艾，祈望艾驱蚊、驱瘴、驱邪……这一天，人们心中的艾已不是一株普通的植物，而是一株无所不能的高贵的圣物。

三

柳毅来了。他来是为了送一封信。他决定送这封信时，他的心情很不好。他落榜了。十年寒窗努力，一朝付与流水。回来的路上，所有的风景都消失了，他的眼中只有一种风景，那就是悲伤。他一边走一边伤感，在陕西泾河北岸，他遇到一个一个牧羊女，这是一个衣服破旧、神情凄楚、其貌不扬的女子。柳毅没有注意这个女子，跟眼前的风景一样，这个牧羊女走不进他的心里。但那位女子注意到了柳毅。她突然大声哭起来，越哭越悲伤，她的悲伤终于引起了柳毅的注意，他问那女子为何这样伤悲。

那女子说：她本是洞庭龙王的爱女，嫁给泾河龙王之子，但夫婿迷上了婢女，经常打骂侮辱她。她告诉公婆，公婆不帮她，反而责骂她，罚她做苦工、牧羊。她想求助于父母，但泾阳与洞庭相去几千里，她没有办法瞒着公婆夫婿去洞庭湖，想请柳毅代为传送一封家书。

牧羊女的诉说颠覆了柳毅的认知。他没想到，这个世界真有龙王，他也没想到，身为龙女的牧羊女，竟然这样屡弱无依。但他相信龙女，她的眼神里有一种特别的纯净，柳毅知道，有这种纯净的眼神的人是可信的。她的遭遇激起了柳毅的同情，他是一介书生，书中没有黄金屋，也没有颜如玉，但有正义，有气节。长年读书，他养成了疾恶如仇的禀性，他二话没说，问清联络的方法后，就带着牧羊女交托的信回南方了。

回乡略事停留后，柳毅立即来到洞庭湖，按照龙女教他的方法进了龙宫，把龙女的信交给了洞庭龙王。他的信让龙宫陷入了凄楚，龙王的眷属伤心痛哭，惊动了龙王的弟弟钱塘君。钱塘君性如烈火，听到这事以后怒不可遏，化成一条赤色巨龙飞去陕西，把泾河龙王的儿子杀死，把龙女接回了洞庭湖。洞庭龙宫一片欢腾，接下来的场景让柳毅大为尴尬，心直口快的钱塘君，向柳毅提亲，希望他娶龙女为妻，永结姻亲。柳毅沉默了。他读的书里有一条：君子不市恩。他跋涉千里，为的是正义，而不是一桩美满的婚姻。

他谢绝了，临别时，他看到了前来送别的龙女。那时的龙女已完全不是那个哭哭啼啼形容憔悴的牧羊女了，牧羊女走不进他的心里，但盛装的龙女美得出乎他的意料，那一瞬间，他仿佛被石化了一样，那一瞬间，他知道他拒绝了他一生的幸福，他后悔了，但他没法改口，书生骨子里的矜持让他无法改口，他就这样无限失落地黯然回家了。

柳毅回乡以后，他先后两娶，但都不遂意，两任妻子也都早夭。他活在自责中，他也活在相思中，这种自责、这种相思最难排遣，它们像藤蔓一样，刚在秋天枯萎，又不知不觉地在春生萌芽，并不知不觉地爬满心底。相思如刀，把丰神俊逸的柳毅蚀刻得遍体鳞伤。沉抑中，他又娶了一个姓卢的女子。他对这桩婚姻并未抱多大的期待，洞房之夜，他细看卢氏，大吃一惊，他发现卢氏竟与龙女神似。一说话，才知道卢氏就是龙女，龙女因思念柳毅，假托卢氏结亲。柳毅与龙女的人神之恋瓜熟蒂落。后来，洞庭龙王托柳毅掌管八百里洞庭，他不仅得到了美满的婚姻，还从此长生不老。

这个故事，一直在洞庭湖畔流传。那年，自称江上农夫的左宗棠到了吴县，吴县有一个柳毅井，左宗棠尽管自命农夫，但他骨子里是书生，书生遇到书生，左宗棠顿生惺惺相惜感，他大笔一挥，写了一副对联：迢遥旅路三千，我原过客；管领重湖八百，君亦书生。他捕获了柳毅心底最深处的脉动，他把书生意气的柳毅真正写活了。

左宗棠如到君山，掌管八百里洞庭的柳毅，应会邀他痛饮三百杯。

四

这座籍籍无名的岛，因为这些愈传愈广的传说活起来了。活得不像一座干巴巴生硬冷漠的岛，更像一个情感丰富的人。

它是倔强的。秦始皇来过。他不是奔君山来的，他是来巡视他的天下的。他巡视过北方、巡视过中原地区，突然想起要去巡视一下南方。巡视北方和中原时，他很愉快。吃得好，也睡得好，心情自然就好。但洞庭湖没有管他的心情好不好，他来时，洞庭湖没有刻意欢迎他，自顾自刮风下雨，湖中的风大，浪也大，大得差点掀翻了他的船。始皇下令避避风浪再走，洞庭湖上除了君山，再没有可以避风的所在，他在百官的拥簇下狼狈地上了君山岛。上了岛的始皇没有感谢君山，还恼羞成怒地下令伐尽了君山岛上所有的树林，放火烧尽了岛上的庙宇。他还不解恨，他又掏出九龙镶金的玉玺，对准岩石用力盖去，他以此警告岛上的湘水女神不要和他作对。湘君和湘夫人没有理他，岛也没有理他，大风还是足足刮了两天两夜。

它也有柔软。刘禹锡来了，他是被贬后经过此地，他背负着山一样的沉重，他离开长安时，正值桃花观里花正艳，但阅尽桃园，他看不到一株挺拔的竹，满园尽是艳丽的桃，在争艳、在争春、在争誉。这和他的口味格格不入，他只能黯然离去，"遥望洞庭山水翠，白银盘里一青螺"。洞庭美景，让他流连忘返；岛上痴情，让他为之沉醉。它在刘禹锡的心里种下了一片难得的柔软，让他匆匆的行程少了些沉重。

它也有洒脱。"帝子潇湘去不还，空余秋草洞庭间，淡扫明湖开玉镜，丹青画出是君山。"秋高气爽的日子，好客的岳阳人，簇拥着最负盛名的李白，或登山抚竹，或乘船逐浪，或临江览月，李白诗兴勃发，他不仅留下了一段酒的故事，还留下了一首诗。此诗一出，岛的洒脱不胫而走。

它也有肃杀。除了悲欢离合、除了放逐漂泊、除了离奇奇遇，岛上还有一口锈迹斑驳的钟，相传为杨幺的义军所有。一口钟悬在那里，那里就有了肃杀之气。钟，常在夜深人静时分为他们示警，这口沉重的钟悬在岛上，一扫岛上的缠绵的情感，平添了无尽的沉抑。

花自飘零水自流。一湖的水，自舜以来，不知经历了多少次的轮换，水已不再是帝子下翠微时的水了；一座岛，自舜以来，经历过太多的天火山洪，岛上的泥沙、岛上的植被，不知经过了多少轮的淘洗与重生，岛也不是帝子下翠微时的岛了。而汹涌的泪还在人们心底流淌，不移的情还在时空间辉映，惨烈的拼搏还在岛上的山寨里持续，它们像早春的青藤一样爬满岛的角角落落，把游客的心爬得时而凄切缠绵，时而柔肠百结，时而热血沸腾，因有这些时间无法删除的印记，这座岛鲜活在波涛迭起的湖中，从春到冬，无时不在人们心中勃勃地生长。

来到拉萨

拉萨是我心中一块神奇的土地。

在万米高空俯瞰西藏高原，只看得见山。这里的山不是南方低矮的山丘，是真正的大山。视野里，群山壁立，连绵不断。机窗外艳阳高照，而高耸的山峰山腰以上都是皑皑白雪。山上的植被很少，看不到一棵树。在阳光的直射下，颜色斑驳的群峰显得十分肃穆。

一下飞机，扑面而来的是一股清冽的寒气。这里的天与地很近，近得似乎探手可及；空气很纯，纯得没有一点杂质。这里没有内地城市常见的喧闹，没有广场舞，没有促销的高音喇叭，也没有扎堆拥挤的人群。湛蓝的天空下，拉萨显得温和而沉静。

未经太长的等候，来迎接我们的大巴便拉着我们一行上了前往拉萨市区的马路，也正式开启了我们的拉萨行。

一

西藏路不宽，但特别干净。

西藏的大巴司机都是技术过硬、经验丰富的司机。我们乘坐的大巴一直不快不慢地平稳行驶。车窗外，时见一两头形体伟岸的藏牛在专心致志地吃草。路边不时可以看到一幢幢西藏民居。民居及其周围一丛丛、一片片方形、角形、条形的小旗被固定在门首、绳索、旌幢、树枝上，在大地与苍穹之间飘荡摇曳，构成了一种连天接地的神秘境界。

车子上了一道很陡的山坡。车窗外的视野也随之开阔起来。在距公路不远的一条小路上，一位身着黑色藏族服装的老者出现在视野里。他不紧不慢地走，一边走一边摇他的经筒。老者的前方还有一位老者，这位老者匍匐在地，然后起身，双手向上高举，举到不能再高时，双掌在头顶相击，然后在腰部、在胸前击打后，陡然扑倒在大地上。旋即他又站了起来，重复着刚才的动作。他就这样不紧不慢地重复，不紧不慢地走，不介意走了多久，也不介意走了多远。

路边的空地上有人在收拾帐篷，帐篷边停放着一辆三轮车。收拾的人应该就是一家子，一个男人在干力气活，一个老人在管孩子，一个女人在整理三轮车上的行装。三轮车上堆满了日用品，看得出，他们把一个家都带来了。随行的地陪告诉我们，他们都是去拉萨朝圣的藏族同胞，是西藏一道独特的风景。

藏族同胞几乎从出生就开始受教。朝拜是信徒每天的必修课，许多虔诚的信徒，带上一生辛辛苦苦积攒起来的钱财，携家带口，不远千里，怀着虔诚的心愿，用磕长头的行走方式，缓慢地前往拉萨。他们口中念着六字真言，风餐露宿、翻山越岭、朝行夕止。他们表情平静，内心平和而愉悦。我试过，这种倒伏起立是很费精力的。一般人很难坚持半个小时。而这些藏族同胞一生都在坚持。凭借信念的力量，以一生光阴为基石，他们无怨无悔地铺一条灵魂解脱的心路。

车上，有人在欣赏窗外的风景，也有人沉浸在手中游戏中，车窗外的世界离他们很远，他们的心中还容不下这样的坚守，更何况是在这种严酷而贫瘠的地方。到拉萨只是他们行程中的一个计划。这个计划中可能安排了一次体验，但他们无意用身体去行走，用一生去坚守，他们不相信来世，也不愿为来世去透支现在。

"黑色的大地是我用身体量过来的，白色的云彩是我用手指数过来的，陡峭的山崖我像爬梯子一样攀上……"

相伴这首适时响起的藏族民歌，我的心在拉萨的圣道上逡巡。

二

来到大昭寺时，已是午后。

大昭寺是和亲政策结出的硕果。始于汉初，终于清的和亲政策，在唐贞观之治时，因松赞干布和文成公主的珠联璧合而大放异彩，终结了汉族公主十和亲九凄惨的魔咒。

松赞干布是位不世出的英雄，他统一了西藏，订立法制，为西藏的经济和文化发展做出了重大贡献。而文成公主最大的贡献是将佛教文化和农耕技术引入西藏。当时，唐朝佛教盛行，而藏地无佛。文成公主是一位虔诚的佛教徒，她携带了佛塔、经书和佛像入藏，决意建寺弘扬佛教。她让山羊背土填塘，建成了大昭寺。

大昭寺位处拉萨旧城的中心。寺内有长近千米的藏式壁画《文成公主进藏图》和《大昭寺修建图》，还有两幅明代刺绣的护法神唐卡，是难得的艺术珍品。

大昭寺在藏传佛教中的地位相当于《西游记》里的雷音寺，是藏民心中的"圣地"。寺内主供的释迦牟尼十二岁等身像为佛家圣物。释迦牟尼是佛教的开创者。佛甘受众生不能受之苦，以普度众生为乐。这对忍饥挨饿、伶仃无依的信教者的吸引力是无与伦比的。

在大昭寺大殿两侧的配殿内，我长久地注视文成公主的塑像。我无法想象，这位平日养尊处优、尊贵无比的纤纤女子何以有如此强大的精神力量，能以自己的言行感化一个处于陌生的异族。现在我懂了，她就是那个时代最虔诚的信徒，不过她的信仰不是灵魂的解脱，而是国家的长治久安。她入藏的每一天都在朝圣，她用自己的一言一行在她心中那条无比漫长的路上攀登。历史的经卷一页页翻过，千余年后，她的神态依然平和，目光依然坚定，仿佛仍在思考安藏的长策。西藏人民为了表达对松赞干布和文成公主的爱戴，纷纷向寺庙献金饰像。由于布施献金的人太多，塑像多处绽开了金皮疙瘩。

离开大昭寺时，太阳已西沉。我们的身后，一排排虔诚的信徒仍然在暮色中起伏。

三

"妈妈托起初生的婴儿，大地隆起珠穆朗玛。为了谱写新的，新的布达拉传说。升腾吧升腾吧，向着太阳升腾吧。向着太阳，向着太阳……"

布达拉宫，是藏族同胞心中太阳升起的地方。

位于西藏自治区首府拉萨市西北郊区约两千米处的一座小山上。在当地信仰藏传佛教的人民心中，这座小山犹如观音菩萨居住的普陀山，因而用藏语称之为布达拉。

布达拉宫是松赞干布专门为文成公主修筑的住所。是藏汉友谊的结晶。

导游告诉我们，布达拉宫依山建造，由白宫、红宫两大部分和与之相配合的各种建筑所组成。众多的建筑虽属历代不同时期建造，但宫宇叠砌、迂回曲折、同山体有机地融合的特点则一以贯之，这是布达拉宫给人最为直接的感受，也是它最突出的特点。

我们从布达拉宫正面的山脚上山，经曲折的石铺斜坡路缓缓登山。这里空气十分稀薄，几乎所有的登山者都气喘吁吁。

与中原古刹不同的是，在这座千年古宫，我们看不到诸如"甘露广施，不润无根之草；慈航普济，难度伪善之人"之类的名联，听不到"数声鸟鸣一声钟"，甚至诵经的声音都很难听到，但视野及处，却能看到大量的壁画。长长的壁画或断或连，构成一座巨大的艺术长廊。为布达拉宫增添了无限亮色。

布达拉宫中最神秘的宫室当属历代达赖喇嘛的灵塔殿。其中五世达赖喇嘛的灵塔，是宫中最高也是造价最昂贵的灵塔，塔身据说耗费黄金十一万两，并嵌满各种珠宝玉石。其他几座灵塔虽不如达赖喇嘛灵塔高大，其外表的装饰同样使用大量黄金和珠宝。

藏香缭绕，酥油灯星星点点。和我们一起晋见各位前世达赖的藏族同胞们手持暖水瓶，里面盛着酥油，每到一处都要添上一点，然后给功德箱放一点钱，表达自己的一份心意。每年布达拉宫的例行维修，都有无数藏族同胞志愿者赶来参与。哪怕只是递送一桶漆料，他们都感到无比的荣耀。也许他们根本读不懂"有意焚香，何须远寻佛地；存心为善，此处即是灵山"的惮意，而用这种最直接的最朴素的方式表达的信仰，却能让满腹佛学而少有善举的达者们汗颜不已。

依原路下山，阳光照耀下的布达拉宫更显壮丽。山下有一个巨大的经轮，许多藏族同胞排着队，默默地转动经轮，无休无止。

看着经轮那一次又一次单调的旋转，我突然想起六世达赖仓央嘉措的诗句："你见，或者不见我／我就在那里／不悲／不喜。"这即是佛学中物我两忘的境界吧。